MW00441305

CINQ MATINS DE TROP

Écrivain australien, Kenneth Cook est né en 1929. À l'âge de trente-deux ans, il a publié *Cinq matins de trop* (*Wake in Fright*), qui est considéré comme un classique dans son pays et a été adapté au cinéma en 1971 sous le titre *Outback*. Kenneth Cook a disparu en 1987.

KENNETH COOK

Cinq matins de trop

TRADUIT DE L'ANGLAIS (AUSTRALIE) PAR MIREILLE VIGNOL

ÉDITIONS AUTREMENT

Titre original :

WAKE IN FRIGHT
Publié en Australie par The Text Publishing Company, 2001

© Kenneth Cook, 1961.
© Éditions Autrement, 2006, pour la traduction française.
ISBN : 978-2-253-12625-6 – 1ʳᵉ publication LGF

« Puisses-tu rêver du diable
et t'éveiller dans l'effroi ! »
(Ancienne malédiction).

À Patricia.

1

Assis à son bureau, il regarda avec lassitude les enfants sortir un à un de la salle de classe. Ce trimestre au moins, il lui parut raisonnable de présumer qu'aucune des filles n'était enceinte.

– Au revoir, monsieur, lui dit le dernier des écoliers.

– Au revoir, Mason. On se reverra à la rentrée.

La petite silhouette étriquée se perdit dans la lumière aveuglante de l'encadrement de la porte. La classe fut réduite à un brouhaha de voix exaltées flottant et s'estompant dans la chaleur.

L'enseignant jeta un coup d'œil dans la salle vide qui, avec les W-C primitifs de la cour, constituait l'intégralité de l'école. Vingt-deux pupitres pour vingt-huit élèves, garçons et filles, âgés de cinq à dix-sept ans. Sur ces vingt-huit élèves, vingt-sept venaient à l'école uniquement parce que la loi insistait sur la scolarité obligatoire jusqu'à quinze ans ou alors parce qu'un fermier désespéré, s'efforçant de survivre sur quelques mottes de terre des grandes plaines intérieures, pensait qu'une éducation donnerait peut-être à son enfant un peu de l'espoir auquel il avait lui-même renoncé.

Et le vingt-huitième, le jeune Mason – onze ans, avide de connaissances, enthousiaste, intelligent et d'une sensibilité inattendue –, était condamné à s'enrôler dans l'équipe d'entretien de la voie ferrée dès qu'il en aurait l'âge, puisque son père en était le chef.

L'enseignant se leva, joua des épaules pour détacher la chemise trempée qui lui collait au corps et commença à fermer et verrouiller les fenêtres.

À travers la vitre, à l'ouest, il voyait l'étendue des plaines, occasionnellement interrompue par de rares touffes d'arroche, un buisson tenace parvenant à extirper quelque nourriture d'une terre qui n'avait pas connu la moindre trace d'humidité depuis des mois. Les gens s'évertuaient à faire en sorte que cette zone semi-désertique subvienne à leurs besoins ; ils arrivaient à élever moutons et bovins – il fallait quatre hectares par tête – et à les garder en vie le temps qu'ils engraissent assez pour rapporter quelques livres sur les marchés du littoral de l'Australie ; l'enseignant n'avait jamais compris comment. Certains, propriétaires de milliers de kilomètres carrés, faisaient même fortune ici : ils attendaient des chutes de pluie occasionnelles et menaient les troupeaux paître dans le tapis d'herbe verte apparu du jour au lendemain. Mais il n'avait pas plu depuis près d'un an et le soleil avait desséché toute forme de vie, à part les arroches. Les gens s'étaient desséchés, la peau ravinée et les yeux enfoncés au fur et à mesure que leur cheptel se transformait en squelettes blancs. Mais ils restaient dans leur maison de bois, convaincus que la pluie finirait par tomber.

L'enseignant savait que la frontière d'État, balisée par une clôture détruite, se trouvait non loin de là, quelque part dans cette lueur floue. Au-delà, en s'enfonçant dans la chaleur : le centre silencieux de l'Australie, le Cœur mort. Il avait presque du plaisir à regarder par la fenêtre car, ce soir, il prenait la route de Bundanyabba. Il serait dans l'avion le lendemain matin, à Sydney le soir même et, dimanche, il nagerait dans la mer. Car l'enseignant était un Australien de la côte, originaire de cette bande de terre située entre l'océan Pacifique et les monts de la Great Dividing Range, là où la Nature avait dispensé les faveurs qu'elle refusait obstinément à l'Ouest.

À deux mille kilomètres à l'est, voilà un an que la mer se gonflait et se retirait au gré des marées, tous les jours, sans qu'il la voie. Pendant douze mois, il avait été maître de la classe unique de Tiboonda ; douze mois avec des congés maigrement payés en fin de trimestre. Il avait donc dû les passer à Bundanyabba, ville minière de soixante mille âmes, centre de vie du territoire de part et d'autre de la frontière. Mais, pour l'instituteur, Bundanyabba n'était qu'une variante de Tiboonda, en plus grand. Et Tiboonda était une variante de l'enfer.

Cela dit, les grandes vacances d'été étaient arrivées : six semaines de congés avec à la clé six semaines de salaire prépayé. Son billet d'avion pour Sydney, aller-retour, représentait l'équivalent de deux semaines de salaire. Il lui resterait donc la paie de quatre semaines, qu'il économiserait en rendant de judicieuses visites à divers membres de sa famille. Six semaines au bord de la mer, le simple plaisir de s'allonger dans l'eau et de détremper la poussière qui s'était infiltrée à l'intérieur de son être.

Il détourna les yeux de la fenêtre et regarda autour de lui, conscient de l'odeur de la salle qui paraissait toujours plus forte après le départ des enfants. Un mélange de craie, d'encre, un soupçon d'odeurs corporelles, de sandwichs rassis et de trognons de pommes noircis, tout cela mêlé à des relents de poussière qui, même à l'intérieur de la pièce, s'envolait et tournoyait à chacun de ses pas.

Il prit sa serviette et sortit au soleil. Il tressaillait toujours face au soleil. Il n'avait jamais réussi à attraper le coup des gens du coin qui gardaient les yeux perpétuellement plissés. Il

12

força la porte dans son cadre de bois branlant et la verrouilla. Puis il hocha la tête et chercha ses lunettes de soleil. Depuis un an qu'il était dans l'Ouest, il n'avait réussi à se convaincre ni de leur utilité ni de leur inutilité. Sans elles, l'aveuglement était blanc ; avec, il était plutôt gris (si tant est qu'un aveuglement puisse être gris), mais des rayons de blanc passaient sur les côtés, tels de petits éclats de pierre, lui poignardant les yeux.

Il garda les paupières baissées en traversant la cour et franchit la barrière fictive de jeunes arbres qui sortaient de la terre blanche, protection futile contre l'intrusion de bétail sauvage dans l'aire de jeux.

La route ne se distinguait de la terre que par de profondes marques de pneus dans la poussière ; l'instituteur sentit ses pieds s'y enfoncer à chaque pas.

L'hôtel était situé à une centaine de mètres de l'école, non loin de l'embranchement connu sous le nom de gare de Tiboonda. Ces trois bâtiments constituaient la commune de Tiboonda. Ils étaient tous en bois et en fer forgé, tous inspirés d'un modèle uniforme – des boîtes peu élevées –, caractéristique de l'architecture de l'Ouest, tous rongés par les termites et la pourriture sèche. Leur minable présence dans la plaine semblait indiquer qu'ils avaient abandonné toute prétention sérieuse au titre de commune.

L'instituteur marcha lentement, attentif à ne pas soulever trop de poussière. De tous côtés, de petits nuages blancs indiquaient où s'étaient éparpillés ses élèves – à pied, à vélo ou à cheval –, en route vers les campements de chemin de fer, les fermes ou les cabanes indigènes où ils habitaient.

Pour eux, six semaines de vacances équivalaient à six semaines ici, dans le lit asséché et craquelé de la rivière. L'eau potable devait être acheminée par train de Bundanyabba et ils n'auraient d'autre choix que de jouer dans la poussière, à moins qu'ils ne taquinent les chameaux sauvages, chameaux dont les aïeux avaient constitué le réseau de transport de l'intérieur des terres.

Il atteignit l'hôtel, traversa le plancher affaissé de la véranda et entra dans le bar. On y était à l'ombre, mais pas au frais. Il ne faisait jamais frais à Tiboonda, mis à part les nuits de plein hiver, quand le froid te pénétrait les os. En hiver, on désirait l'été; en été, on désirait l'hiver; et été comme hiver, c'était bien le diable si l'on ne souhaitait pas être à des milliers de kilomètres de Tiboonda. Mais tu avais signé pour deux ans avec le ministère de l'Éducation et si tu partais avant, tu perdais la caution déposée par ton oncle quand tu avais été assez idiot pour imaginer avoir une vocation d'enseignant. Tu allais donc rester ici une année supplémentaire, à moins que, grâce à Dieu, tu puisses entre-temps persuader le ministère de te muter à l'Est, et Dieu n'avait probablement que peu de grâces à dispenser.

– Charlie, un demi ! dit-il à l'hôtelier, qui émergea de son obscure arrière-salle et qui, pour une raison inconnue, portait un gilet sur sa chemise trempée.

Charlie tira la bière.

Rares sont les bienfaits de la civilisation dans les villes isolées de l'Ouest : il n'y a pas de tout-à-l'égout, pas d'hôpital, rarement un médecin ; les aliments, après de longs transports, sont insipides et peu variés ; l'eau a mauvais goût ; l'électricité est réservée à ceux qui peuvent se permettre d'installer leur propre groupe électrogène ; les routes sont quasi inexistantes ; il n'y a aucun théâtre, aucun cinéma et seulement quelques salles de bal. Une seule intrusion tolérée du progrès, enracinée sur des milliers de kilomètres à l'est, au nord, au sud et à l'ouest du Cœur mort empêche la population de sombrer dans la démence la plus absolue : la bière est toujours fraîche.

Enroulant ses doigts autour du verre perlé, l'enseignant domina un bref sentiment d'amertume suscité par la taille du faux col de sa bière. Somme toute, ça n'avait aucune importance : ce pauvre diable d'hôtelier devait rester ici alors que lui, il se dirigeait vers l'est.

Il but d'abord rapidement, inondant sa gorge sèche d'un torrent de bière, puis, son verre à moitié vide, il but lentement, laissant la boisson alcoolisée et froide lui relaxer le corps.

– Tu veux reprendre ta chambre quand tu reviens ? demanda Charlie en se grattant le ventre à travers une déchirure de sa chemise.

– Où veux-tu que j'aille ?

– Tu sais, Johnny, le mec d'avant restait dans une caravane. Je me disais que, toi aussi, t'avais peut-être envie de changer un peu de décor, que t'en avais marre de ce vieux pub.

L'hôtelier le raillait avec cette ironie moqueuse que les gens de l'Ouest réservent à ceux qui ne montrent aucune affection pour leur territoire ravagé.

– Je reviendrai ici.

– Je ferai mon possible pour garder ta chambre.

Les maîtres de l'école de Tiboonda étaient les seuls résidents permanents que Charlie ait jamais eus.

– Merci.

Si l'hôtel venait à brûler, le ministère fermerait-il sa classe ? Ou une autre petite boîte en bois serait-elle hâtivement construite sur le terrain de l'école pour fournir un logement au maître ?

– T'en veux une autre, John ?

– Oui, merci.

Il poussa le verre sur le comptoir couvert de taches et d'entailles et sortit un paquet de cigarettes de sa poche.

Il n'avait pas fumé depuis la récréation de l'après-midi, il y avait presque deux heures, et un picotement de satisfaction agrémenta la bière ;

le regard qu'il porta sur l'hôtelier était presque bienveillant. Il faut dire qu'il allait bientôt porter son regard ailleurs.

Charlie lui avait servi le deuxième demi et s'était adossé aux étagères de bouteilles servant à entretenir l'illusion que, dans un rayon d'une centaine de kilomètres de Tiboonda, certains se risqueraient à boire autre chose que de la bière. Il suçait ce qu'il restait d'une cigarette roulée à la main. Il dut rapidement cracher par terre l'objet infâme.

– Tu prends le quatre heures quinze, John ?

– Oui.

Un coup d'œil sur les mains grasses et encrassées de l'hôtelier le persuada qu'il n'avait pas envie de finir sa bière.

– À dans six semaines, Charlie.

– Mais oui, John. À bientôt.

Charlie sourit sans humour ni bienveillance, comme s'il préférait ne pas penser au retour de l'instituteur à Tiboonda.

– Au revoir, Charlie.

Et au revoir au salon étouffant, aux repas gras préparés par la maîtresse métisse de Charlie dans l'arrière-cuisine ; au revoir aux nuits sans sommeil et aux aurores arides où la douceur de la lumière offrait la promesse mensongère d'un bref répit de la chaleur ; au revoir à ses vingt-huit élèves et à leurs parents méfiants, à l'air honteux ; au revoir Tiboonda, pour six semaines en tout cas.

Ses deux valises étaient prêtes et l'attendaient dans le bar ; il les souleva et se dirigea vers la gare. L'unique voie traversait la plaine en une longue ligne courbe, le noir se détachant de la poussière. Il aperçut à l'horizon un petit nuage sombre, peut-être l'embryon d'un nuage de pluie. Le nuage suivait presque imperceptiblement la voie ferrée et, dans une demi-heure environ, le quatre heures quinze serait à Tiboonda.

Il regretta de ne pas être resté à l'hôtel un peu plus longtemps car l'abri de la gare, un simple appentis, n'offrait qu'une résistance timide aux rayons assommants du soleil ; cela étant, il restait à déterminer si le soleil était plus dur à supporter que Charlie.

Il sortit son portefeuille et examina une nouvelle fois son chèque de paie. Cent quarante livres, soit six semaines de salaire plus l'allocation régionale. Il ne pensait pas rencontrer de problème pour l'encaisser et acheter son billet à l'agence de la compagnie aérienne : n'importe quelle banque accepterait un chèque du gouvernement accompagné d'une pièce d'identité.

Il avait également vingt billets d'une livre dans son portefeuille, économisés sur son salaire du trimestre dernier. Il avait pensé arriver à cent livres, mais la bière était chère à Tiboonda et un homme n'avait d'autre choix que boire ou se faire sauter la cervelle.

Il n'empêche qu'il devrait ralentir un peu le trimestre prochain. Le « trimestre prochain », la pensée équivalait à un tressaillement nerveux, le « trimestre prochain », dans six semaines, il entamerait une nouvelle année à Tiboonda. Une nouvelle année dans ce semblant de ville, lui-même un paria au sein d'une communauté établie sur cette terre morne et hostile qui s'étendait autour de lui, brûlante, sèche et aussi peu soucieuse d'elle-même que les gens qui prétendaient la posséder.

Mieux valait ne pas y penser. Mieux valait ne penser à rien, sauf à la mer, projeter son image dans son esprit et s'abriter dans son ombre profonde, prétendre qu'elle protégeait de la chaleur semblant percer son crâne de ses longs doigts brûlants et pénétrer dans les cellules tendres et vives de son cerveau.

Le quatre heures quinze arriva comme prévu. On l'appelait aussi le train du vendredi, pour le distinguer du train du lundi. Ils représentaient à eux deux les seuls liens entre Tiboonda et le monde extérieur – incarné par Bundanyabba –, mise à part la route, impraticable pendant la saison humide à cause de la boue et pendant la saison sèche à cause de la poussière dans laquelle les voitures s'enlisaient aussi profondément que dans la boue.

Le train du vendredi tirait une dizaine de wagons de marchandises et deux de passagers. La locomotive était un superbe monstre, comme on ne peut en trouver que dans les régions les plus reculées du Commonwealth; pour l'enseignant, elle évoquait le genre de machine que les Indiens pourchassaient dans les westerns américains.

Avant même que le train ne s'arrête, il entendit chanter. On chante dans tous les trains lents de l'Ouest : les gardiens de bestiaux et les mineurs, les marchands et les saisonniers ; les aborigènes et les métis participent timidement au chœur, tout en restant en retrait ; et il y a toujours quelqu'un pour sortir un harmonica. Avec une gaieté désespérée et discordante, ils entonnent les chansons du hit-parade américain relayées sur les ondes du service public de radio ou sur celles criblées de parasites d'une éventuelle station rurale.

À travers les plaines du désert, par-dessus les ronflements et les grincements des moteurs anciens, les paroles banales et les airs monotones de l'Amérique moderne font dresser l'oreille curieuse des dingos et approfondissent sensiblement la tristesse qui imprègne tout l'Outback australien.

Les chanteurs s'étaient tous regroupés dans le premier wagon. L'instituteur monta dans le dernier. Il n'avait pas envie de chanter. Il y trouva comme unique compagnon un gardien de bestiaux aborigène d'âge moyen, aux cheveux blancs et avec un début de barbe blanche. De race pure, il avait les traits épais de son peuple et regardait constamment par la fenêtre, comme s'il risquait d'y voir quelque chose pour la première fois.

L'instituteur avait vu les plaines. Il s'était déjà rendu à Bundanyabba avant, et savait donc que, durant les six heures de trajet, le paysage allait tellement peu varier que presque rien ne permettrait d'affirmer que le train s'était déplacé.

Il rangea ses valises dans la galerie, ouvrit la fenêtre et s'étira dans son siège, les pieds posés sur l'accoudoir. *Voilà un cœur fait pour toi*, chantaient-ils maintenant.

> *Un cœur qui veut ton amour divin,*
> *Un cœur vaillant et de bonne foi*
> *Si seulement tu le voulais bien.*
> *Sans toi, j'aurais le cœur brisé,*
> *Dis-moi que ça ne sera jamais,*
> *Chérie, je t'en prie, promets-moi*
> *Qu'à aucun autre tu n'appartiendras.*

Typique, se dit l'instituteur, de l'avenir d'une race de chanteurs qui avaient depuis longtemps oublié l'art d'écrire des chansons.

Il ferma les yeux lorsque le train amorça son démarrage. Le fracas des roues, le bruit du moteur et les hurlements discordants des chanteurs s'agençaient en un concert absurde tandis qu'il s'enfonçait dans l'état semi-comateux du voyageur.

*
* *

Le train du vendredi oscillait à travers les plaines ; tous les sept ou huit kilomètres, il passait devant une ferme délabrée et le mécanicien donnait un coup de sifflet. Un groupe d'enfants déguenillés s'assemblait alors et saluait consciencieusement en faisant de grands signes, jusqu'à ce qu'ils perdent le train de vue ; il n'y en aurait pas d'autre avant lundi.

Le soleil finit par renoncer à son emprise tortionnaire ; les plaines brunirent, empourprèrent et dorèrent avant de noircir tandis que le ciel était transpercé de millions d'éclats lumineux en provenance de mondes sans passion, à l'éloignement inconcevable. Les fermes n'étaient plus que des taches de lumière jaune dans les cadres des fenêtres, mais le mécanicien n'en sifflait pas moins et, dans l'obscurité, les enfants n'en saluaient pas moins.

*
* *

L'instituteur s'agita pour reprendre pleinement conscience à l'approche de Bundanyabba. La ville s'annonçait par quelques lumières légèrement surélevées par rapport aux plaines, ressemblant un peu aux lumières d'un groupe de bateaux immobiles dans une mer tranquille et noire.

Il enleva ses lunettes de soleil et les glissa dans sa poche portefeuille. Les chanteurs avaient capitulé, ils étaient vraisemblablement occupés à rassembler leurs bagages et à s'extraire de la torpeur somnolente des heures précédentes.

Le train du vendredi traversait la ville en cahotant tandis que l'enseignant regardait défiler les rangées de maisons en bois, construites sur des terrains minuscules, comme s'il y avait une pénurie d'espace, ou comme si elles se blottissaient les unes contre les autres pour s'unir contre l'isolement de l'Outback.

Il avait passé deux congés de fin de trimestre à Bundanyabba et connaissait donc assez bien la ville. Il avait nagé dans sa piscine chlorée, était allé au cinéma, avait bu sa bière bourrée de conservateurs qui devait être acheminée de la côte par le train ; il avait donc épuisé tous les plaisirs qu'elle offrait. Il aurait préféré qu'il y ait un vol pour l'Est le soir même.

Le train s'arrêta dans un claquement soulagé, comme s'il était content d'être arrivé et plutôt étonné d'avoir une nouvelle fois réussi à franchir les plaines. Grant traversa la gare animée, ses valises à la main, et donna la partie « aller » de son billet au contrôleur. Il rangea soigneusement l'autre moitié, pour le retour, dans son portefeuille, en attendant le moment où il devrait à nouveau franchir ces grilles. Il s'appliqua à ignorer le constat silencieux du petit bout de carton déchiré : il n'en avait pas fini avec Tiboonda.

Devant la gare, plusieurs chauffeurs de taxi attendaient et racolaient des clients. L'instituteur employa les services de l'un d'entre eux et lui communiqua l'adresse de l'hôtel où il avait réservé une chambre par courrier.

– Nouveau à Yabba ? demanda le chauffeur, en s'engageant dans les larges rues, bordées de bâtiments avec des semblants d'auvents soutenus par des poteaux qui paraissaient souffrir de rachitisme.

– Oui.

– Restez longtemps ?

– Seulement ce soir.

– C'est pas de bol. Faut plus longtemps pour voir Yabba.

On aurait pu croire, pensa l'instituteur, que le chauffeur essayait de lui vendre une visite guidée, mais il avait déjà remarqué que les habitants de Bundanyabba semblaient tous extrêmement chauvins.

– Vous croyez que ça vaut le coup ?

– Pour sûr que je le crois ! Tout le monde aime Yabba. Meilleure ville d'Australie.

– Ah bon ? Pourquoi ?

Il savait qu'il prenait un risque : les habitants de Bundanyabba n'avaient guère besoin d'encouragements pour se lancer dans de longs monologues sur ses mérites. De toute façon, il ne s'engageait qu'à écouter pendant la durée du trajet.

– Eh bien, commença le chauffeur, c'est libre et relax. Personne ne s'inquiète de savoir qui tu

24

es ni d'où tu viens ; tant que t'es un mec bien, tout va bien. C'est vraiment sympa, ici. Ça fait huit ans que j'y suis. Je suis venu de Sydney parce que j'avais des problèmes de bronches. Mon état s'est amélioré en six mois, mais hors de question que je quitte Yabba.

L'instituteur avait déjà constaté la convivialité des habitants de Bundanyabba, qu'il jugeait grossière et gênante. Quant aux vertus thérapeutiques de la ville, les traits tirés et le teint jaunâtre du chauffeur semblaient clairement indiquer qu'il aurait grand besoin du climat plus clément de la côte.

— Essayez de rester un peu plus longtemps, l'encouragea le chauffeur alors que l'instituteur réglait la course.

Il eut le sentiment de payer trop cher, mais il n'en était pas certain.

La fille de la réception de l'hôtel était une réplique défraîchie des filles de réception d'hôtel du monde entier.

— Avez-vous une chambre pour John Grant ? J'ai réservé par courrier.

Sans un mot, la fille tira un grand-livre et se mit à en tourner les pages. Grant posa ses valises et attendit patiemment. Elle trouva la page des réservations du jour et glissa lentement le doigt du haut en bas de la colonne. Il s'arrêta à mi-chemin et elle leva la tête.

— Vous ne restez qu'une nuit ?

– C'est tout.

– Il va falloir régler maintenant.

– Pas de problème.

– Vous prendrez le petit déjeuner ?

– Oui, s'il vous plaît.

– Alors, ça fera une livre dix.

Il sortit deux billets d'une livre et les lui tendit. Elle lui rendit une grosse plaque de métal marquée numéro sept, à laquelle étaient attachées deux clés.

– Y en a une pour la porte d'entrée et une pour votre chambre, expliqua-t-elle d'une voix monotone – comme si elle l'avait répété de nombreuses fois auparavant, ce qui était naturellement le cas. On prend dix shillings de caution. On vous les rendra quand vous rendrez les clés.

– Bien, merci.

Elle se désintéressa de lui et reprit la contemplation hébétée pratiquée par les gens de son espèce.

– Pourriez-vous me dire où est la chambre sept, s'il vous plaît ?

– En-haut-au-fond-du-couloir-à-droite, dit-elle comme en un seul mot, sans lever la tête.

En voilà au moins une qui ne se fait pas l'apôtre de la doctrine de convivialité de Bundanyabba, songea Grant.

La chambre sept comptait un lit en fer, un matelas peu prometteur, une petite armoire, une commode et une table bancale sur laquelle reposaient la Bible et un pichet d'eau. La Bible comme le pichet semblaient aussi anciens qu'inutilisés. Grant avait soif, mais l'eau de Bundanyabba, même lorsqu'elle n'était pas dans de tels pichets, était si chlorée et si naturellement dure qu'il lui avait toujours trouvé le même effet que ces puissants laxatifs dont les journaux faisaient la publicité.

Il lâcha ses valises sur le lit et partit à la recherche d'un petit restau où il pourrait manger et boire quelque chose. Il était dix heures passées, la porte des bars était poussée, sans être complètement fermée, une méthode de Bundanyabba pour respecter l'interdiction de vente d'alcool après dix heures du soir et toute la journée du dimanche.

Grant passa devant quelques cafés « milk-bar » de qualité variable, qui apparaissaient par intervalles réguliers, en déversant des odeurs de frites et de café au lait dans la rue principale.

Il se dit qu'il serait peut-être souhaitable de boire un ou deux verres avant de manger, et entra dans le premier pub venu. Une porte à battants en ailes de chauve-souris devançait la porte principale, comme dans la plupart des pubs de Bundanyabba. Il fallait tirer la première et pousser la seconde. Grant poussa prudemment la porte principale, par égard pour l'usage local.

Il était difficile de déterminer s'il faisait plus chaud à l'intérieur que dans la rue. Le comptoir, au milieu de la salle, formait une île encerclée d'une épaisse nappe d'hommes. À l'intérieur, l'hôtelier au visage cramoisi couvert de veines saillantes et bleues tirait des bières avec une rapidité maladroite tout en encourageant deux serveuses maigres et déprimées à redoubler d'efforts.

– Y en a un qui a soif derrière toi, Jean. Un instant, mon pote, elle va te servir. Deux demis ? D'accord. C'est parti ! Quatre bocks de ce côté, Mary. Du calme, les gars, on sera à vous dans une minute. Tiens, salut, Jack, qu'est-ce que tu bois ?

Une camaraderie feinte et une cupidité satisfaite se disputaient l'expression de ce visage animé, surchauffé et en sueur ; mais ce fut finalement l'argent qui prit le dessus.

Le bruit métallique de la caisse enregistreuse sonnait dans la salle enfumée et dominait la clameur d'une cinquantaine d'hommes qui parlaient fort et tous en même temps.

Sachant vain d'espérer trouver un pub moins bondé, parmi les dizaines que comptait Bundanyabba, Grant se fraya un chemin dans le bar et réussit à commander une bière à l'une des serveuses. Il se retira dans un coin, sortit ses cigarettes et s'aperçut qu'il n'avait pas d'allumettes. Retourner en acheter au bar représentait un trop grand effort, il regarda donc autour de lui pour demander du feu.

Un policier en tenue, adossé au mur proche de lui, buvait seul.

– Vous avez du feu ?

– Bien sûr, lui répondit le policier en fouillant dans sa poche revolver.

Il en tira un gros briquet équipé d'un énorme pare-vent.

– Nouveau à Yabba ? lui demanda-t-il fatalement, en tenant sous la cigarette de Grant une superbe mèche jaune et enflammée.

Grant se concentra pour l'allumer sans se roussir le nez, avant de répondre.

– Juste ici pour la nuit, finit-il par dire. Je pars à Sydney demain matin.

– Ah. Vous venez de loin ?

– Tiboonda… Je suis l'instituteur.

– Oh, l'instituteur, hein ? Voyons voir, et votre nom serait…

Grant le laissa attendre un peu, puis répondit :

– Grant.

– C'est ça. Alors vous devez avoir remplacé le vieux Murchinson, non ?

– Il s'appelait McDonald.

– Tout à fait, McDonald. Eh ben ça alors… Moi, c'est Jock Crawford.

Il tendit sa large main.

– John Grant.

Ce genre de choses arrivait toujours à Bundanyabba. Enfin, ça n'avait guère d'importance, il n'était là que pour une nuit. Demain à cette heure, il serait à Sydney et Bundanyabba serait à de nombreux kilomètres et à six semaines de distance.

– Tu bois quelque chose, John ?

– Euh… Mais oui, merci.

Il était toujours un peu gêné quand des gens qu'il venait juste de rencontrer se montraient immédiatement si familiers. Mais c'était exactement ce qu'avaient fait toutes les personnes qu'il avait rencontrées à l'Ouest.

Un passage s'ouvrit automatiquement dans la foule pour laisser avancer le policier et il fut rapidement servi par l'hôtelier en personne. Il était de retour en moins de deux minutes.

– T'aimes la bière Huntleigh, John ?

– Oui, elle n'est pas mauvaise. Mais dis-moi, je rêve ou elle est un peu forte ?

C'était un sujet usé, mais dont les habitants de Bundanyabba ne se lassaient pas.

– Elle donne un sacré coup de fouet. Vaut mieux se méfier quand on n'est pas habitué. Ils sont obligés de la bourrer d'arsenic pour la conserver pendant le transport.

Grant regarda sa bière d'un air sceptique.

– De l'arsenic ?

– C'est ce qui se dit.

– Hum… Les pubs ferment à quelle heure, ici ?

Il connaissait la réponse, mais il était curieux d'avoir l'opinion de la police sur les heures d'ouverture.

– Quand les gens rentrent chez eux. Parfois minuit, parfois ils ne ferment pas du tout… surtout les soirs de paie.

– Et la police ne s'en préoccupe pas ?

– Non. À quoi bon ? Tant qu'ils gardent les portes fermées et qu'ils ne font pas trop de chahut, on les laisse tranquilles. Si on les obligeait à fermer à dix heures, on ne ferait qu'encourager la vente illégale d'alcool.

Grant fut frappé par l'étrangeté de cette conversation avec un agent en uniforme qui buvait dans un pub. Manifestement, la police était raisonnable et tolérante. Ce n'était pas la peine d'en faire toute une histoire.

– Oui. Eh bien, hum. Tu prends autre chose ?

– Mais ouais.

Grant voulut s'emparer du verre du policier.

– Allons, file-moi ton blé. J'aurai plus vite fait.

Grant lui tendit docilement un billet de dix shillings et le policier fut à nouveau de retour deux minutes plus tard avec les bières. Il lui rendit la monnaie.

– Tu as fini le travail pour aujourd'hui ? demanda Grant.

– Je viens juste de commencer. Je fais la ronde des pubs. Depuis le début de la semaine. C'est pas mal, tu sais, ils ne me font pas payer la bière.

Grant ne sut pas vraiment comment réagir, il se contenta de dire :

– Vraiment ?

– Je pourrais aussi avoir la tienne à l'œil, mais vaut peut-être mieux pas pousser.

– Non… Non, bien sûr.

– Mais tu sais, on leur rend bien service aux pubs, d'une manière ou d'une autre, ajouta le policier.

John présuma qu'il cherchait à se justifier.

Il commençait à se détendre sous l'effet de la bière. Voilà plus de dix heures qu'il n'avait pas mangé. La chaleur du bar l'oppressait moins ; le chahut ne lui écrasait plus la tête, il l'enveloppait toujours, mais avec plus de distance.

Il regarda le visage du policier, brut et couvert de taches de rousseur.

– T'es à Yabba depuis longtemps, Jock ? lui demanda-t-il en savourant sa légère pointe d'ironie.

– Toute ma vie, John.

– Tu n'as jamais pensé à partir ?

– Quitter Yabba ? Jamais de la vie. C'est la meilleure petite ville du monde, sans l'ombre d'un doute.

– Tu es déjà allé ailleurs ?

– J'ai fait trois mois de formation en ville. Je m'y suis pas plu.

Grant se rendit soudain compte que sa petite blague n'était pas particulièrement bonne. Il vida son verre.

– Je ferais mieux d'y aller, je n'ai pas encore mangé.

– Bois-en une autre avant de partir.

– Non merci. Ça ferait trop dans un estomac vide.

– Allez, ça ne peut pas te faire de mal.

Le policier fit un clin d'œil prononcé.

– C'est la tournée du patron.

Et pourquoi pas ? pensa Grant. Il sera déjà assez dur de dormir dans ce lit. Il tendit son verre au policier, qui répéta son numéro de pénétration de la foule.

– On va boire une tournée ici, puis on ira au pub d'à côté. Faut que je les fasse tous ce soir, déclara le policier en revenant.

Grant s'interrogea sur le taux de maladies de foie au sein des forces de police de Bundanyabba.

– J'ai assez bu, merci, Jock. Il faut que je mange, dit-il en réalisant toutefois que c'était à son tour de payer une tournée.

Le policier semblait accepter ses paroles et se concentra sur sa bière.

Il lui demanda bientôt :

– Tu vas manger où ?

– Je ne sais pas. Tu me conseilles quoi ?

– La Two-Up School est pas mal si tu as envie d'un bon steak.

Grant, comme tout Australien, avait entendu parler des Two-Up Schools. Il y en avait une dans chaque ville. Dans l'Outback, les mineurs, les travailleurs manuels, les cheminots et tous ceux cherchant désespérément un peu de distraction – ce qui représentait à peu près tout le monde – venaient de partout, dans un rayon de cent cinquante kilomètres, pour jouer illégalement à pile ou face.

– Et comme ça, ils font des repas à la Two-Up School ?

– Les meilleurs de la ville, répondit le policier, avec cet air de propriétaire que tous les habitants de Bundanyabba manifestaient lorsqu'ils parlaient des excès de leur ville.

– Et ça se trouve où ?

– C'est juste au coin de la rue principale. Je t'y amènerai dans deux minutes.

Grant se demanda si la police avait le droit de parier gratuitement à Bundanyabba, mais il n'aborda pas la question avec Crawford. Il commençait à trouver le policier sympathique, tout en ayant confusément conscience que cela signifiait clairement qu'il avait trop bu.

Crawford avait fini sa bière et, dans l'expectative, jouait avec son verre.

– Une autre ? demanda Grant, car il ne savait comment faire autrement.

Il donna l'argent et Crawford alla chercher la bière. Il prit un peu plus de temps cette fois-ci et lui dit en revenant :

– J'ai filé la monnaie à la serveuse… Je lui ai dit que c'était de ta part… Ça te servira la prochaine fois.

Grant aurait pu lui faire remarquer qu'il était peu probable qu'il revienne ici, et encore moins que la serveuse se souvienne de lui, mais il ne dit rien. Il fumait cigarette sur cigarette maintenant, comme le font les hommes qui boivent.

— La police a beaucoup de boulot à Bundanyabba ? demanda-t-il sans se soucier qu'elle en ait ou non.

— Non, John, non. Globalement, non ! On se contente de surveiller un peu ce qui se passe.

Crawford devenait un peu pesant quand il parlait en semi-professionnel.

— Pas beaucoup de délits ?

— Presque aucun, John, en tout cas rien de sérieux. On doit être dans la ville la plus honnête d'Australie.

— Vraiment ?

Grant essayait de se donner un air impressionné.

Crawford mina son propre commentaire en ajoutant :

— Évidemment, personne n'oserait tenter quoi que ce soit ici, on l'arrêterait tout de suite.

— Vraiment ?

— C'est tellement isolé, vois-tu : impossible de partir d'ici à la hâte sans que personne s'en aperçoive.

— J'imagine, oui. Alors, c'est plutôt tranquille, pour toi ?

— C'est pas mal. Bien sûr, on a quelques suicides… Ça donne bien un peu de souci.

Grant se souvint avoir entendu parler du taux de suicide à Bundanyabba et de la coutume locale de déclarer les actes les plus flagrants d'autodestruction « mort accidentelle ». Il demanda pourquoi au policier.

– Eh bien, répondit-il en y réfléchissant, j'imagine que tant de suicides nuiraient à la réputation de la ville.

Grant avait entendu une autre histoire sur Bundanyabba. On disait en substance que les autorités locales avaient placé le thermomètre officiel sur la pelouse devant la mairie. Quand la température dépassait trente-huit degrés à l'ombre, ils mettaient les arroseurs en marche pour refroidir le thermomètre. C'est ainsi qu'officiellement les maximales de Bundanyabba excédaient rarement trente-huit degrés.

Il existait peut-être, réfléchit Grant, un lien entre l'attitude officielle vis-à-vis du suicide et les hausses de température, même s'il était plutôt enclin à ne pas croire à cette histoire de thermomètre.

Quoi qu'il en soit, il était bien trop complexe de développer tout cela à cette heure de la nuit.

– J'ai bien peur de pas tenir comme ça, il faut vraiment que j'aille manger quelque chose, annonça-t-il.

– Une dernière pour la route ?

– Non. Non, franchement, j'ai assez bu, merci. Je vais tourner de l'œil si je ne me dépêche pas de manger.

– On voit bien que tu n'es pas un gars de Yabba, John, lui dit le policier. Suis-moi, je vais t'accompagner à la School.

« School », comprit Grant, était un diminutif du jeu du two-up. La plupart du temps, les gens l'appelaient tout simplement « le Jeu ».

Le bruit du bar s'estompa soudain, comme s'ils s'étaient débarrassés de quelque chose de tangible en sortant dans la rue principale. Grant se hasarda à compter combien de bières il avait bues, mais s'aperçut qu'il en était incapable. « Frais » semblait loin d'être le mot le plus approprié pour décrire l'air de la rue, mais il était différent de l'air du bar, et Grant en ressentit l'effet.

Il lança un regard affectueux à Crawford. Un personnage, voilà qui résumait bien Crawford, un fascinant spécimen local haut en couleur. Lui, John Grant, savourait sa compagnie pour tuer le temps, tout en réalisant une petite étude érudite sur l'homme de Bundanyabba. Grant trébucha légèrement en descendant du trottoir sur la chaussée.

Crawford le guida à travers quelques pâtés de maisons de la rue principale, tout en exposant longuement les caractéristiques de la vie à Bundanyabba. Grant se demanda si les habitants passaient autant de temps à vanter les vertus de leur ville entre eux qu'avec des étrangers. Il lui sembla que oui, la ville semblait les obséder. Les hommes de Yabba : *yabba* n'était-il pas le mot aborigène qui signifiait « parler » ? Il lui sembla repérer une ébauche de jeu de mots[1], mais il ne parvint pas à resserrer les liens de sa pensée.

Crawford tourna dans l'une des grandes rues perpendiculaires et, quelques mètres plus loin, ils pénétrèrent dans une allée longue et sombre. La ruelle était parallèle à la route principale et, d'un côté, Grant distingua la silhouette des arrière-salles de boutiques et commerces qui se découpait sur le ciel. De l'autre côté, il y avait les hautes palissades délimitant les jardins à l'arrière des maisons résidentielles.

L'allée n'était pas éclairée et, avec l'ombre épaisse des bâtiments, tout ce qui n'atteignait pas environ une trentaine de centimètres au-dessus du niveau de la tête était plongé dans l'obscurité la plus totale. Grant y repéra de nombreuses personnes. Une vingtaine d'hommes adossés dans la ruelle parlaient à voix basse. L'orange de leurs cigarettes gagnait ou perdait en intensité tandis qu'ils fumaient, et une allumette produisait fréquemment une lueur jaune. Ses yeux s'habituant à l'obscurité, Grant s'aperçut que Crawford et lui attiraient modérément l'attention des hommes.

— Ça va comme tu veux, Jock ? demandait parfois une voix émanant de l'un des groupes.

---

1. Le verbe « *yabber* » est l'équivalent australien de « *jabber* », qui signifie jacasser ou baragouiner.

– Pas mal du tout, Jim, et toi? répliquait Crawford, identifiant ses interlocuteurs à leur voix, d'après ce que comprenait Grant, car il lui était impossible de distinguer les traits du moindre visage.

Ils atteignirent une porte où deux hommes se tenaient avec la nonchalance adoptée autrefois par les hommes montant la garde.

– B'soir, Jock, dirent-ils à leur approche.

Grant vit qu'ils portaient sur lui un regard perçant, aussi perçant en tout cas que le permettait la quasi-obscurité du lieu.

– Je suis avec John Grant, un pote à moi, dit Crawford. Vous pouvez le laisser entrer n'importe quand, y a pas de problème.

Les deux hommes poussèrent un grognement, tandis que Grant et Crawford franchissaient l'entrée d'une sorte d'arrière-cour d'entrepôt de magasin. Grant se demanda l'intérêt qu'il y avait à protéger ainsi un établissement aussi manifestement toléré par la police.

Comme pour lui répondre, Crawford dit :

– Ils te laissent pas entrer s'ils te connaissent pas. Ils ont eu tout un tas d'histoires avec des journalistes. Ils viennent de temps en temps faire un reportage sur la ville – tu vois le genre, ils font tout un tintouin sur les jeux et la boisson. Après, on est obligés de fermer « le Jeu » quelque temps et de forcer les pubs à respecter la fermeture de dix heures.

Crawford marqua une pause, puis ajouta amèrement :

— Ils sont vraiment emmerdants, crois-moi.

Ils traversèrent la cour et entrèrent dans une vaste salle meublée de tables et de bancs en planches. Plusieurs hommes étaient attablés et mangeaient. Tout un côté était aménagé en stand de hamburgers. Deux hommes en chemisette faisaient griller des steaks.

Crawford s'approcha du comptoir et dit :

— Joe, prépare un steak pour mon pote.

— Salut, Jock, dit l'un des deux hommes en jetant un autre steak sur le gril.

— Ça te coûtera six shillings, dit Crawford, et c'est six shillings que tu risques pas de regretter.

Grant se demanda si les organisateurs du Jeu louaient les droits de restauration à un tiers ou si le restaurant faisait partie intégrante de l'organisation générale. Son enthousiasme pour la nourriture aurait pu indiquer que Crawford avait quelque intérêt dans le restau, si Grant n'avait pas su que les gens de Bundanyabba étaient tous fiers du Jeu. Cette fierté englobait vraisemblablement toutes les activités annexes.

Par une porte à l'autre bout de la salle, Grant voyait une centaine de types agglutinés autour d'un emplacement où deux hommes seulement étaient en train de discuter. Il s'agissait manifestement de ce fameux Jeu.

— Viens, je vais te faire voir la salle pendant que t'attends, lui dit Crawford.

L'endroit où se déroulait le Jeu devait être un ancien entrepôt. Au centre, il y avait un morceau de moquette verte d'environ un mètre carré, entouré d'un banc en bois d'une vingtaine de centimètres de haut, bondé de joueurs.

Derrière eux, poussant entre leurs épaules, accroupis ou debout, s'échelonnant en étagères d'humanité jusque sur les côtés : le reste des joueurs. Maintenant qu'il voyait l'ensemble de la salle, Grant estima qu'elle contenait environ trois cents hommes. Ils étaient tous vêtus de pantalons ceinturés et de chemisettes, sauf quelques-uns qui n'avaient qu'un maillot de corps sur le dos. Grant eut l'impression de détonner dans sa veste safari.

Au milieu du carré de moquette se tenaient les deux hommes que Grant avaient vus se consulter. Ces deux grands décharnés, aux allures de rapace, étaient manifestement les contrôleurs du Jeu. Un petit homme quelconque les avait rejoints. Il tenait un morceau de bois à la main. Grant le vit jeter une liasse de billets à ses pieds.

— Tu connais le principe du Jeu ? demanda Crawford.

— Vaguement, dit Grant.

— Alors, le gars avec la planche, c'est le lanceur.

— Ah bon.

— Il a parié cinquante livres au centre. Il doit attendre que son pari soit couvert d'une somme équivalente avant de pouvoir lancer.

De part et d'autre, des joueurs jetaient des billets sur la moquette. Les contrôleurs les rassemblaient. Puis l'un cria : « Il est prêt ! »

– Ça veut dire que les cinquante livres du centre sont couvertes, dit Crawford. Maintenant les autres peuvent faire des paris sur le côté.

Autour du carré, des hommes jetaient des petites piles d'argent en criant : « dix livres sur pile », « cinq sur face », « dix shillings sur pile » ou « vingt livres sur face », selon leurs portefeuilles et leurs ambitions.

Dès que l'argent touchait le sol, d'autres le recouvraient de liasses d'une somme équivalente, en déclarant leur intention de miser sur le côté opposé des pièces.

Grant, qui n'avait déjà pas l'esprit trop clair, avait l'impression que l'argent était allègrement semé n'importe où et sans aucune raison apparente. Il devait y avoir plus de mille livres sur la moquette.

Mais les visages des joueurs n'affichaient aucune allégresse. Ils étaient absorbés, figés, calculateurs. Les transactions s'effectuaient par des appels assez contrôlés, sauf lorsqu'un joueur, incapable de couvrir sa mise, lançait un coup de gueule pour attirer l'attention des hommes de l'autre côté du ring.

Bientôt, tout le monde s'installa et le silence tomba sur la salle. Un contrôleur dit : « Tout est prêt ? » et jeta un coup d'œil circulaire. Comme il n'y eut aucune objection, il sortit deux pennies et les plaça soigneusement sur la planche de bois que l'homme quelconque tenait à la main.

Le contrôleur se recula.

— Bon, dit-il, lance !

D'un coup de planche, l'homme lança les pièces, qui voltigèrent au-dessus de sa tête puis retombèrent sur la moquette.

Silence.

Les contrôleurs s'approchèrent et examinèrent les pièces.

— Pile !

L'activité reprit immédiatement et les joueurs se mirent brusquement à plonger sur les liasses autour du ring et à empocher leurs gains. Des piles qui totalisaient près de deux cents livres étaient rapidement divisées par un simple processus : chacun prenait son dû.

— Tu piges le principe, John ? lui dit Crawford.

— Plus ou moins. Ils parient que les pennies vont retomber à pile ou face, c'est bien ça ?

— C'est ça.

— Mais qu'est-ce que c'est que tous ces paris de côté ?

— Eh bien, une fois que la mise du lanceur est couverte, tout le monde peut parier sur le côté.

— Dans ce cas, comment la School réalise-t-elle un profit ?

— Ils prennent un pourcentage au lanceur et si l'un des joueurs de côté fait un gros coup, il glisse quelque chose.

La répartition de l'argent était terminée et la School se préparait au prochain lancer.

— Comment se fait-il, dit Grant, qu'ils ne se sautent pas tous à la gorge quand ils divisent les sous, on dirait que c'est une pagaille monstre.

— Y a pratiquement jamais eu de bagarre ici. Tout le monde sait ce qui lui revient du ring et se sert — c'est aussi simple que ça. Bien sûr, y a sans doute qu'à Yabba qu'un système pareil peut marcher. Tout le monde se connaît, ici, tu sais.

Les pennies voltigeaient à nouveau.

— Pile ! et la bousculade pour récupérer les gains. L'homme à la planche inspectait impassiblement la masse de billets à ses pieds. « On dirait qu'il patauge dans l'argent », pensa Grant.

— Quand arrête-t-il de lancer ? demanda-t-il à Crawford.

— Quand ça le chante, ou quand il tombe sur face. Ça veut dire qu'il a tout perdu.

— Est-ce qu'il est obligé de miser tout son argent ?

— Non, le minimum, c'est une livre, c'est tout.

Le lanceur tomba encore sur pile, et Grant calcula qu'il devait avoir quatre cents livres devant lui. Grant se fraya un chemin, fasciné par la profusion de billets froissés.

Les pièces scintillèrent au-dessus de lui une nouvelle fois.

Encore pile, mais cette fois, le lanceur jeta la planche et commença à fourrer les billets dans

44

sa poche. Il avait transformé ses cinquante livres en huit cents livres en l'espace d'un petit quart d'heure. Il ramassa la dernière poignée de billets, la glissa dans les mains d'un des contrôleurs, quitta le ring sans perdre contenance, se fraya un chemin dans la foule et disparut.

– C'était Charlie Jones, dit Crawford. Il vient ici avec cinquante livres chaque fois qu'il touche sa paie et il lance jusqu'à ce qu'il en ait huit cents ou qu'il ait tout perdu.

– Il est gagnant ou perdant, à la longue ?

– Il gagne les huit cents livres une fois toutes les six semaines.

Crawford ajouta comme pour s'expliquer :

– Il lui suffit de tomber quatre fois de suite sur pile, tu sais.

– Bien joué.

Un autre joueur avait pris la planche et misé une livre.

– Mon steak doit être prêt, dit Grant.

– Oui, allons-y.

Ils retournèrent dans la salle à manger et récupérèrent le steak de Grant.

– Bon, il va falloir que j'y aille, dit Crawford, après avoir veillé d'un regard paternel sur l'installation de Grant à l'une des tables.

– D'accord, Jock, merci de m'avoir montré le coin.

Grant était à présent heureux de se débarrasser du policier.

Ils se serrèrent la main, Crawford lui dit : « À plus tard ! » et disparut dans la nuit.

Grant trouva le steak loin d'être à la hauteur des promesses de Crawford. Il était filandreux et dix fois trop cuit, et Grant soupçonna qu'il aurait eu un goût avarié si celui de semelle calcinée ne l'avait pas largement emporté.

Il se sentit néanmoins l'esprit beaucoup plus clair après l'avoir mangé avec la pile de frites molles et détrempées qui l'accompagnait, et après avoir bu le café qui avait un goût et une couleur de lait dilué dans de l'eau, décoloré avec quelque substance brune, et réchauffé. Décidément, la cuisine de la Two-Up School n'était pas à la hauteur de son divertissement, mais elle surpassait sans doute le repas moyen servi dans les petits restaus de l'Outback.

Il consulta sa montre. Il était onze heures et demie. Son avion pour l'Est partait à onze heures et demie. Il avait donc douze heures à tuer.

Il fit semblant d'envisager les options qui s'offraient à lui : aller se coucher, boire quelques verres de plus, aller se promener. Mais il n'était pas dupe, il avait l'intention d'aller revoir le Jeu. Le spectacle l'avait intéressé davantage qu'il n'aurait voulu l'admettre ; en plus de cela, le spectre d'une intention jusqu'ici exsangue flottait dans les recoins obscurs de son esprit, mais il fit semblant de ne pas le voir.

Dans le ring de la salle de jeu, un autre homme avait assemblé une collection imposante de billets à ses pieds. Il perdit le tout en un instant, quand les pennies retombèrent, côté pile, sur la moquette.

Grant s'appuya à l'un des murs, observant avec attention la méthode de pari. Ses pensées analysaient les chances de lancer deux piles ou deux faces, quatre fois d'affilée, et il avait pleinement conscience des billets dans son portefeuille.

Il ne jouait pas souvent en temps normal, car l'occasion se présentait rarement. Mais il sentit une émotion qui lui était complètement inconnue : cette étrange passion, familière aux joueurs.

« Ça ne serait pas bien grave, se dit-il, si je perdais les dix-sept livres que j'ai en liquide. Et je vais peut-être gagner. » Il évoqua délibérément le spectre, le fit sortir de l'ombre, l'identifia comme son intention de jouer et lui confia de gérer sa volonté.

Il sortit un billet de cinq livres de sa poche.

La perspective de passer à l'action suscita en lui un manque d'assurance et, son billet à la main, il s'avança d'un pas hésitant parmi la foule. Juste devant lui, au bord du ring, un homme avait une centaine de livres à ses pieds et criait :

— Allez, il me faut encore cinquante livres sur pile. Quelqu'un veut miser sur pile ?

Grant restait planté, indécis. Il se sentait gauche au milieu de ces joueurs bien rodés, il n'arrivait pas à se baisser et à jeter ses cinq livres par terre. Par ailleurs, il n'était pas convaincu de l'infaillibilité du système de partage des gains.

On lui arracha le billet des doigts.

– Sur pile, mon pote ? lui demanda un personnage louche, placé juste derrière l'homme qui appelait les paris.

Grant acquiesça d'un signe de tête, faute d'envisager une autre solution, et il vit son billet de cinq livres voleter jusqu'au sol.

Le contrôleur appela alors : « Tout est prêt ? » et les pièces furent lancées.

– Pile !

Et dans la bousculade des hommes récupérant leurs gains, Grant se trouva relégué sur le côté. Il tenta de se forcer un chemin, mais il manquait d'assurance. Tout fut bientôt prêt pour le prochain lancer, et Grant se retrouva écrasé contre le mur, sans savoir où se trouvait l'homme avec qui il avait placé son pari.

« Voilà ce fameux partage équitable des gains », pensa-t-il. Il jeta un regard furieux, cherchant, sans bien y croire, à repérer quelqu'un à qui il pourrait réclamer son argent autour de lui. Puis il vit le type louche qui sautillait sur place, essayant de voir par-dessus les têtes qui l'entouraient.

Il criait fort :

– Vous auriez pas vu un grand mec avec un manteau ? Personne a vu un espèce de mec grand et blond avec un manteau ?

Grant fit des signes énergiques à l'homme, qui se fraya un chemin parmi les joueurs pour le rejoindre.

– Tiens, mon pote, lui dit-il. J'ai cru que je t'avais perdu.

Il lui tendit deux billets de cinq livres et se faufila dans la foule pour rejoindre le ring sans attendre de réponse.

Grant jeta un regard honteux sur l'argent et fit un vague geste de remerciement pour l'homme qui le lui avait sauvegardé. Il replaçait les billets dans son portefeuille lorsqu'il éprouva une émotion qui lui était entièrement nouvelle : le remords du joueur qui n'a pas misé tout son argent sur un pari gagné.

Il suspendit son geste, l'argent dépassant encore de son portefeuille. Il avait vingt-deux livres et dix shillings. Le double représentait cinquante livres. Le double de ça faisait cent. Deux fois cent…

Plein d'assurance à présent, il se jeta dans la foule et parvint même, en poussant, à trouver une place sur le banc du ring. Il sortit tout son argent et le tint à la main, attendant la fin du jeu en cours.

Il ne se posa pas la question de savoir s'il devait miser pile ou face. Il comptait gagner par chance pure et simple et il savait que la chance n'obéissait pas aux lubies.

Quand le moment fut venu, il jeta ses vingt-deux livres dix par terre et cria :

– Vingt-deux livres dix sur pile.

Il avait seulement choisi pile parce que son voisin appelait à miser sur face.

Quelqu'un lâcha immédiatement une liasse de billets sur sa pile.

– Vingt-deux dix sur face, dit une voix au-dessus de lui, ajoutant sur le ton de la conversation : J'ai posé vingt-trois, mon pote.

Grant se rendit alors compte que les dix shillings étaient légèrement déplacés.

Son humeur vira encore. Il se replia sur lui-même. Il avait misé et, dans quelques instants, soit il aurait cinquante livres, soit rien du tout. Il était trop tard pour changer d'avis. Il se répéta néanmoins : « Ça ne fait rien si tu perds. Tu tentes ta chance, c'est tout. Ça ne fait rien si tu perds. » Par un instinct qu'il était incapable d'analyser, il garda les yeux fermés et la tête baissée, pour ne pas être vu du joueur décontracté qui avait posé sa mise devant lui.

Il avait les yeux toujours fermés lorsqu'il entendit : « Pile ».

J'ai cinquante livres, songea Grant, et il se retourna pour rendre la monnaie des dix shillings à son adversaire. Mais autour de lui, personne ne se manifesta pour revendiquer sa menue monnaie. Une affaire de dix shillings n'avait pas la moindre importance au Jeu.

Son argent était toujours à ses pieds.

– Tu laisses tout sur pile, mon pote ? dit une voix au-dessus de sa tête.

Son esprit retourna la question, il se décida et dit oui. Quand son esprit retourna une nouvelle fois la question, il pensa : « Mon Dieu, pourquoi n'en ai-je pas gardé au moins un petit peu ? »

Mais une liasse de billets avait rapidement recouvert la sienne, il avait maintenant cent livres devant lui.

Il se foutait bien de son apparence à présent. Ses mains tremblaient énormément tandis qu'il allumait une cigarette et aspirait la fumée au plus profond de ses poumons.

Il eut terriblement conscience de la salle enfumée, de la chaleur qu'on semblait pouvoir bouger à la pelle, des visages tendus et couverts de sueur des joueurs, de l'avidité insouciante des contrôleurs ; puis les pennies s'envolèrent, de plus en plus haut, ils formaient des arcs doubles, des petits disques bruns de fortune... puis ils s'écrasèrent au sol.

– Mon Dieu ! s'exclama Grant. C'est pile.

Il regarda son argent, cette pile verte et froissée, et se baissa pour la ramasser. Et alors même qu'il se baissait, il éprouva sa troisième émotion étrange de la soirée : le mysticisme des joueurs. Il sut que les pennies allaient encore tomber sur pile. Il en était aussi sûr que de son existence. Il ne lui restait plus qu'à trouver la volonté de réaliser sa conviction et il ne rencontra aucune difficulté pour y parvenir.

Il s'assit bien droit, sans toucher son argent, et cria :

– Cent livres sur pile !

Trois joueurs différents s'associèrent pour couvrir sa mise. Il reprit sa place sur le banc et observa les paris qui s'effectuaient autour de lui. Il ne réfléchissait pas ; il était possédé par sa connaissance anticipée, et, tant que cet étrange diable avait la parole, Grant ne prendrait même pas la peine de penser à ses propres actes.

Il eut presque un doute quand les pennies formèrent leur arc et commencèrent à tomber, mais le doute n'eut pas le temps de se cristalliser, le contrôleur criait : « Et c'est encore pile ! »

Grant eut l'impression qu'on l'avait frappé dans l'estomac. Il redouta un instant de s'évanouir sur ses gains. Puis il se pencha et commença à fourrer les billets dans ses poches.

Il ne songea pas à laisser un pourboire aux contrôleurs, qui ne semblaient pas avoir remarqué ses gains, puisqu'ils ne lui demandèrent rien. Il se faufila dans la foule, l'argent dans ses mains au fond des poches de sa veste, et il faillit chanceler en entrant dans la salle de restaurant. Il suivit l'arrière-cour et l'allée parmi les ombres des rôdeurs, paraissant encore plus fantomatiques à ses yeux qui n'avaient pas eu le temps de s'habituer au noir, puis il arriva dans la rue.

Son corps tout entier entonnait l'exultation de son âme. Il avait gagné près de deux cents livres. Ses dix-sept livres d'origine s'étaient métamorphosées en deux cents.

Les mots « deux cents livres » se répétaient à l'infini dans sa tête. « Deux cents livres. Deux cents livres. DEUX CENTS livres. Incroyable. DEUX CENTS LIVRES ! »

Et il avait aussi le chèque de son salaire, intact dans sa poche.

Il n'avait jamais eu tant d'argent de sa vie, il le sentait lui gonfler les poches, déformer ses habits, froufrouter à chaque pas.

Il fallait qu'il trouve un endroit où il puisse le compter, le regarder.

Il ne se souvint jamais de son retour à l'hôtel, excepté le moment où il chercha sa clé dans ses poches, et seulement parce qu'il dut froisser tous les billets qui les encombraient.

Dans sa chambre, il vida l'argent par terre et le recompta soigneusement, disposant les billets sur le sol en les classant selon leur valeur. Puis il sortit son chèque et l'aligna à côté des billets.

Deux cents livres en liquide et un chèque de cent quarante livres. Trois cents quarante livres, et demain il serait à Sydney.

Il regarda dans la glace et vit son visage, jeune et encore ferme, lézardé de sueur ; le gain d'argent faisait briller ses yeux ; ses cheveux raides restaient ébouriffés là où il avait passé la main.

— Grant, dit-il à son reflet, t'es un petit malin.

Il se jeta sur le lit et fixa le plafond, frissonnant de joie.

Pour la première fois depuis longtemps, il songea à Robyn et se moqua de lui-même. Comment pouvait-il supposer que deux cents livres la rendraient plus accessible ? Robyn aux longs cheveux blonds, tressés autour de la tête. Robyn, pleine de confiance et d'assurance, distante. Robyn telle qu'il l'avait quittée voilà un an, une semaine avant son départ pour Tiboonda, devant le portail de sa maison, avec la lumière en contre-jour illuminant ses cheveux.

Robyn qui, bizarrement, n'avait montré que peu d'intérêt pour John Grant. Mais, oh, Dieu ! qu'elle était charmante !

Ne pourrait-il pas lui téléphoner immédiatement, un appel national pour lui dire qu'il rentrait et qu'il était riche ? Mais Robyn était habituée à disposer de plus d'argent que lui et ne serait peut-être pas suffisamment impressionnée par la perspective de trois cent quarante livres.

Il se leva d'un bond en riant et commença à se déshabiller, puis il s'arrêta, ébahi par l'énormité de ce qu'il venait de penser.

S'il avait laissé son argent... et si pile avait été lancé une seule fois de plus... il n'aurait plus jamais besoin de retourner à Tiboonda. Il aurait gagné quatre cents livres. En ajoutant son chèque à cela, il aurait pu rembourser le prêt du ministère de l'Éducation et avoir de quoi vivre pendant qu'il cherchait du travail à Sydney.

Un lancer de pièces. Cinq secondes et il aurait pu éviter une année entière à Tiboonda. Il aurait pu… Il pourrait encore…

Il s'assit sur le lit et regarda l'argent. C'était merveilleux, mais qu'est-ce que ça lui apportait de plus que quelques semaines fabuleuses à Sydney ? Ce serait fabuleux de toute façon, avec son salaire. Et s'il perdait les deux cents livres, il en serait au même point que s'il avait perdu les vingt-deux livres du départ.

Mais s'il gagnait, il serait à Sydney demain et il y resterait.

Il passa plusieurs minutes à peser le pour et le contre, exposant précisément en quoi le risque valait la peine d'être pris et, petit à petit, il réussit à se convaincre.

Il se regarda dans la glace. Ses yeux ne brillaient plus, mais sa peau était encore plus tendue. Il se leva lentement, enfila sa veste, rangea soigneusement l'argent en petites liasses avant de les glisser dans sa poche, remit le chèque dans son portefeuille, jeta un autre regard dans la glace, fit un sourire fugace au visage soucieux qu'il y vit, puis repartit à la Two-Up School.

On le laissa entrer sans lui poser de question et il se dirigea directement vers la salle de jeu. La foule lui parut être la même ; l'atmosphère semblait en fait encore plus chaude et enfumée.

Grant était assez calme. Il n'exultait plus à l'idée de jouer. Il savait qu'il avait une chance sur deux d'obtenir ce qu'il voulait, et il allait tenter cette chance.

Il lui fallut environ cinq minutes pour rejoindre le ring et, tandis qu'il se frayait un chemin en douceur, il se résolut à miser face cette fois-ci.

Un homme qui semblait avoir gagné une fortune libéra sa place sur le banc, Grant s'assit.

Le contrôleur s'approcha du joueur placé à ses côtés et lui offrit la planche. La coutume du jeu de Bundanyabba voulait que les lanceurs soient sélectionnés selon la place qu'ils occupaient sur le banc.

Le joueur déclina d'un signe de tête et le contrôleur proposa à Grant de prendre son tour.

Il se rappellerait, le restant de ses jours, l'impulsion qui le fit accepter et suivre le contrôleur au milieu du ring.

En temps normal, il aurait été gêné d'être le centre d'intérêt, mais il savait que les yeux de toute la salle étaient rivés sur les pennies, pas sur le lanceur.

– Combien ? lui demanda le contrôleur.

Grant n'entendait aucunement prolonger son épreuve : une chance sur deux était une chance sur deux et le principe s'appliquait aussi bien à un lancer qu'à plusieurs.

– Deux cents, dit-il en sortant l'argent de sa poche.

Le contrôleur recompta sommairement.

– Deux cents, cria-t-il, et les billets se mirent à pleuvoir.

Grant avait une posture décontractée, la planche à la main.

– Le centre est prêt, dit le contrôleur, ouvrant la voie aux paris sur le côté.

Grant se sentit cerné d'argent, mais il semblait bien plus lointain que la pile de quatre cents livres qu'il pouvait toucher du bout de sa chaussure.

– Tout est prêt ? demanda le contrôleur.

Les voix se turent.

– C'est parti ! On lance !

Grant lança maladroitement les pièces en l'air.

Un instant d'obscurité spirituelle.

Puis le contrôleur ramassa les pièces en annonçant : « Coupé ! »

Grant ne savait pas ce que ça signifiait et, seulement lorsque le contrôleur eut replacé les pièces sur la planche, il comprit qu'une pièce était tombée sur pile et une sur face, et que son lancer avait compté pour rien.

Il réalisa aussi que son intention de miser sur face était avortée. En tant que lanceur, il devait automatiquement miser sur pile, mais il n'eut guère le temps de s'étendre sur la question : le contrôleur lui ordonnait déjà de lancer une nouvelle fois et il jeta les pièces une nouvelle fois.

Deux côtés pile tournés vers le ciel – deux pile –, quatre cents livres ; mais comme un vacarme interrompant un doux rêve, il entendit la voix du contrôleur :

– Mauvais lancer ! Les paris sont annulés. Mauvais lancer ! Maintenez votre argent !

Le contrôleur ramassa encore les pennies et les remit sur la planche, dans la main tremblante de Grant.

– Faut que tu les jettes au-dessus de ta tête, mon pote.

Déconcerté maintenant, Grant lança à nouveau les pièces. Il essaya de suivre leur trajectoire, mais les perdit, aveuglé par l'éclairage électrique.

Où étaient-elles ?

Il sentit une bousculade autour de ses pieds ; les billets, les quatre cents livres, avaient disparu ; le contrôleur avait crié « face ! » et Grant quittait le ring sans même avoir vu les pennies tomber.

Un bourdonnement engourdissant se saisit de son corps et il eut peur que les autres joueurs ne remarquent sa détérioration. Il avait les traits tellement tirés qu'il eut l'impression de grimacer comme un fou et de contracter nerveusement les joues. Il s'adossa à un mur et se mit à fumer rapidement, essayant de rire de sa mésaventure, de se maudire, regrettant de s'être jamais approché de cet endroit, s'ordonnant de partir immédiatement, car il n'était pas hors de danger. Avec la partie de son esprit libre de symptômes physiques, il répéta ces mots : « Ce n'est pas grave. Tu as seulement perdu vingt-deux livres dix. Tu as pris un risque et tu as perdu. Tu le savais pertinemment avant de prendre ce risque. Tu en es au même point que si tu avais perdu la vingtaine de livres dès le départ. »

Mais il n'était pas convaincu. Une minute auparavant, il avait deux cents livres en poche. Maintenant, il n'avait plus ces deux cents livres. Inutile de se dire qu'il les avait perdues aussi rapidement qu'il les avait gagnées. Il était vidé, secoué, écœuré par cette déception.

L'indifférence absolue de ceux qui l'entouraient lui parut soudain effroyablement cruelle, mais un petit restant d'humour lui évita de s'apitoyer sur son sort et il sourit en pensant à son absence de sollicitude pour le perdant de ses propres gains.

« D'accord, mon petit Grant, se dit-il. T'as eu ton moment de chance. Retourne au lit, maintenant, et oublie tout ça. »

Mais il resta appuyé contre le mur, saturé de cette atmosphère d'argent. Gagner avait été si facile. Le simple éclair de deux pièces et la somme doublait, puis doublait encore et encore. Dieu ! Mais cette faim d'argent le grignotait et le déchirait.

Il faillit ne pas reconnaître Crawford quand il apparut et lui dit :

— Ça gaze, John ? T'es encore ici ?

Grant avait épuisé toutes ses réserves de convenances sociales.

— Ils encaissent les chèques, ici ? demanda-t-il.

Non, il n'allait pas réfléchir, il allait agir. Il allait le faire. « Agis maintenant et réfléchis plus tard, mais agis maintenant. »

— Oui, dit Crawford, loin d'être surpris. Pour combien ?

— Cent quarante.

Grant sortit le chèque et le montra à Crawford.

— Ça devrait pas poser de problème, je m'en occupe. Tu ferais mieux de le signer.

Grant signa le chèque avec un stylo prêté par Crawford et le policier se dirigea vers les contrôleurs, qui encaissèrent le chèque sans poser de question et sortirent négligemment les billets de leur poche.

Grant prit à peine le temps de remercier Crawford quand il lui apporta l'argent.

— Tu vas essayer le Jeu ? dit Crawford, mais Grant l'avait déjà oublié : il était parti en direction du ring.

Ses lèvres s'agitaient de désespoir. Quelque part dans son esprit, l'irrationalité de ses actions lui était évidente, mais il était comme un automate, dominé par une idée qui ressemblait à un ordre. Il était forcé par une décision prise, lui semblait-il maintenant, depuis une éternité.

Grant n'était pas du genre à s'ennuyer à accumuler une banque à partir de petits paris. Il se pencha sur la rangée de joueurs assis sur les bancs, jeta ses cent quarante livres et appela :

— Cent quarante sur pile.

Sa voix semblait étrange et lointaine, le désespoir pesait lourd sur ses épaules et lui écrasait
l'estomac. Il n'avait aucun espoir de gagner, mais
il n'aurait jamais retiré sa mise, même s'il en avait
eu le temps avant qu'elle soit couverte par les
pluies de billets de provenances différentes.

Trois minutes seulement après avoir touché
l'argent de son chèque, il l'avait perdu.

Le cri « face ! » n'eut aucun effet sur lui ; mais
quelques instants plus tard, il commença à éprouver le choc sourd et douloureux de la prise de
conscience. Il n'exprima aucune émotion en
regardant les mains se disputer l'argent qu'il
avait déposé. Il continua à regarder son emplacement vide sur la moquette, jusqu'à ce que soudain une autre poussée d'argent y fleurisse, et le
Jeu continua.

Il fit demi-tour, et, les yeux hagards, sortit
de l'établissement, dans la nuit, d'un pas rigide,
comme hypnotisé par la gravité de sa perte. Ce
que cette perte représentait pour lui était si cru-
cial et douloureux qu'il n'arrivait pas à y penser.
Autour d'un petit nœud bien serré au fond de son
esprit tourbillonnait la prise de conscience des-
tructrice de ce qu'il venait de faire, mais jusqu'à
ce que ce nœud se défasse, il était inutile de penser
trop profondément à la suite des événements.

Il rentra à son hôtel, quitta ses vêtements,
tomba nu sur le lit et, de ses yeux brûlants, il fixa
le plafond jusqu'à ce qu'il sombre soudain dans
le sommeil, la lumière encore allumée.

2

Il pensa à Robyn et à la courte robe blanche qu'elle portait en jouant au tennis, au déferlement d'une vague qui se coiffe d'écume tout en maintenant le galbe vert et profond de ses courbes en mouvement : puis, oh, Dieu ! il était éveillé, allongé sur un lit en fer, dans un hôtel de Bundanyabba et il n'avait pas un sou.

Grant roula hors du lit, détourna furtivement son regard du visage grisâtre dans la glace et, toujours nu, s'approcha de la fenêtre. Il regarda sans voir la misérable cour de l'hôtel et les palissades des arrière-cours de magasins voisins. Juste après l'aurore, la chaleur étouffante de la nuit avait laissé place à l'éblouissement plus cru et plus brûlant du soleil.

Grant se retourna et s'adossa contre le papier peint de la cloison en bois, essayant d'en retirer un brin de fraîcheur. Il prit la cruche sur la table et se versa un peu d'eau sur la tête, la laissant dégouliner, tiède, le long de son corps.

– Il est inutile, dit-il à voix haute, d'être déses-péré et désemparé.

Mais les mots ne suffirent pas à apaiser la masse d'autocondamnation qui le déchirait de l'intérieur.

Il s'assit sur le lit et se regarda dans la glace. Une sombre ébauche de barbe était apparue sur son visage ; ses cheveux étaient collés par l'eau ; quelques gouttes de sueur perlaient déjà sur son torse et son front.

Il esquissa un sourire et vit ses lèvres obéir ; mais ses yeux restèrent creux, sans éclat.

– La vie, dit-il à nouveau à voix haute, aura une meilleure tête après le petit déjeuner.

Il s'allongea sur le lit et réussit presque à se rendormir, puis une cloche de l'hôtel indiqua qu'il était l'heure de se doucher, de se raser et de s'habiller pour affronter un monde devenu sou-dain excessivement compliqué.

Le petit déjeuner était étonnamment bon, en grande partie parce qu'un employé avait pris l'ini-tiative d'ajouter de la papaye gelée au menu. Cela, aidé par le café au lait et la première cigarette de la journée, enraya légèrement ses pensées.

La première cigarette, première des onze qui restaient dans son dernier paquet. Après inspec-tion de ses poches, il ne parvint à trouver que deux shillings et sept pence. Il savait qu'il aurait dû manger tout ce que l'hôtel offrait, car, même dans le meilleur des cas, il avait peu de chance de se permettre un autre repas dans la journée, mais la chaleur accablait tout son être et, ayant fumé cigarette sur cigarette la veille, sa bouche était à vif. Il ne mangea donc que la papaye.

Il commanda un deuxième café et alluma une autre cigarette, puisque, de toute façon, il n'irait pas très loin avec onze.

Il y avait peu de monde dans la salle à manger ; il avait une table à lui seul ; avec la deuxième cigarette vint le temps d'examiner la situation.

Bon, il fallait la regarder bien en face : que pouvait-il faire ?

Il ne connaissait personne qui puisse lui prêter de l'argent, d'autant plus qu'il fallait expliquer qu'il avait tout perdu au jeu.

De toute façon, combien devait-il emprunter ? Pour survivre jusqu'à sa prochaine paie, il lui fallait au moins cent livres.

S'il était à Sydney, il parviendrait peut-être à passer des séjours prolongés chez de vagues parents lointains, mais comment pouvait-il faire durer deux shillings et sept pence pendant six semaines ?

De toute façon, comment aller jusqu'à Sydney ? L'aller simple en train coûterait dans les dix livres, en admettant qu'il soit prêt à supporter un voyage de quarante heures sans argent pour se nourrir. Et quand il arriverait à Sydney, comment irait-il chez son oncle, qui habitait dans la banlieue à environ vingt-cinq kilomètres de la gare ? À pied, ses valises à la main ?

Sans compter que tout cela restait bien abstrait, puisqu'il n'avait pas ces dix livres.

Avait-il quelque chose à vendre ? Seulement ses habits, et le marché des vêtements d'occasion semblait peu prometteur à Bundanyabba. Sa montre, vieille et cabossée, valait au plus quelques shillings et il n'avait rien vu qui se rapproche d'un mont-de-piété dans la ville.

La seule possibilité serait de trouver un quelconque emploi à Bundanyabba. S'il pouvait trouver du boulot dans un magasin, un bureau ou comme manœuvre, n'importe quoi pour payer son voyage à Sydney.

Mais où habiterait-il en attendant ? Il ne trouverait pas d'emploi avant lundi au plus tôt, et il ne pouvait pas rester à l'hôtel : ça lui coûterait plus qu'il ne gagnerait.

L'idée du contraste entre ce qui l'attendait maintenant et ses projets de la nuit précédente le traversa avec une violence physique, mais il la bloqua pour se concentrer sur ses problèmes immédiats.

Il lui fallait incontestablement quitter l'hôtel dans les plus brefs délais. Voilà au moins une chose dont il était sûr. Il monta à l'étage, prit ses bagages, s'assura d'un coup d'œil autour de la pièce qu'il n'avait rien oublié et redescendit à la réception.

Il ressentit un brusque et étrange sentiment de gratitude lorsque la fille lui rendit ses dix shillings de caution pour la clé. Ça lui était sorti de l'esprit. Il regarda le petit billet dans les tons orange et se souvint des énormes liasses qu'il avait perdues la nuit précédente. Il fourra le billet dans sa poche et sortit dans la rue, ses valises à la main.

Il était neuf heures, le samedi matin.

Le soleil lui blessa les yeux plus que d'ordinaire et il mit ses lunettes. Il tourna dans la rue principale, marcha lentement sur le trottoir, sous les auvents délabrés, et passa devant la mairie bordée d'un jardin au rare gazon vert bien entretenu.

Quand il arriva au coin, près de la poste, il fit demi-tour et revint sur ses pas.

Au nom du ciel, où pouvait-il bien aller ?

Il eut le sentiment de se faire remarquer, pourtant, parmi la nombreuse foule de cette artère. Pourquoi aurait-on pensé qu'il n'était pas tout simplement en train d'attendre un autocar ? Il posa ses valises près d'un arrêt de car et s'assit sur l'une d'elles, à l'ombre de l'auvent.

Il devait bien y avoir une réponse à tout cela. Il n'allait tout de même pas arpenter les rues jusqu'à s'effondrer. Quoique, naturellement, cette éventualité s'offrît réellement à lui.

De là où il était, il voyait les grandes piles d'ordures et de rejets des mines qui formaient des collines artificielles à quelques centaines de mètres du centre de la ville. Quand le vent soufflait, d'épais nuages de poussière s'en échappaient et s'abattaient dans les rues en nuées aveuglantes.

Grant regarda ces tas de terre rejetée, dénués de végétation, comme un endroit où il pourrait éventuellement passer ses nuits lors des six prochaines semaines.

« Il doit bien y avoir une soupe populaire à Bundanyabba », pensa-t-il, un tantinet désespérément.

Il fuma une autre de ses cigarettes en attendant le car qui arriva, puis repartit. Grant, à présent persuadé qu'on le remarquait, se releva et traversa l'artère commerçante tout entière avec ses valises.

À neuf heures et demie, il sentit une sorte d'hystérie nerveuse lui serrer la gorge. Il devait trouver un endroit où poser ses valises et réfléchir un peu.

Le soleil avait déjà élevé la température jusqu'à trente-huit degrés à l'ombre et, sur la route, le goudron bouillonnait.

Grant se sentit à découvert dans un no man's land. Aucune retraite ne s'offrait à lui, et l'ennemi demeurait invisible et imprenable. Ses ressources dissipées, ses armes perdues. Il ne pouvait même pas se terrer dans le sol pour se cacher.

Figure solitaire, même pas digne d'une rafale de mitraillette, il paraissait condamné à errer en terrain ravagé jusqu'à ce qu'il sombre dans l'oubli.

Et puis merde ! Il n'allait quand même pas monter et descendre la rue pendant six semaines mortelles.

Il se dirigea vers le bar de l'hôtel le plus proche.

Il n'y avait qu'une trentaine d'hommes dans le pub, ils prenaient leur premier verre après le petit déjeuner et Grant trouva facilement un coin où entreposer ses valises.

Il commanda un *pony* de bière – c'était la plus petite quantité proposée. Pour neuf pence, ce verre lui évitait la rue. Il le posa sur le comptoir sans y toucher, décidé à le faire durer pour rester aussi longtemps qu'il voudrait dans le bar.

Il lui restait huit cigarettes, et avec celle qu'il s'apprêtait à fumer, ça ne faisait plus que sept. Étrangement, les cigarettes sont toujours d'autant plus désirables que leur quantité est strictement limitée.

Il s'accouda au comptoir marron et leva les yeux sur d'innombrables rangées de pennies et de pièces de trois pence fixées sur la plinthe au-dessus de sa tête. Une coutume locale voulait que l'on humecte les petites pièces avec de la bière avant de les coller sur les boiseries. Elles représentaient plusieurs livres avant même d'avoir couvert tout l'espace au-dessus du comptoir. Puis on les enlevait toutes et on recommençait.

On présumait généralement que les hôteliers reversaient l'argent à une organisation caritative, mais Grant n'en avait jamais eu de preuve tangible.

Il estima qu'il devait y avoir dix ou douze livres collées ainsi : ce dont il avait besoin pour rentrer à Sydney. Il aurait néanmoins rencontré une opposition musclée s'il s'était amusé à les décoller.

Il sirota prudemment sa bière et joua avec la fumée de cigarette dans sa bouche, la laissant s'échapper tout doucement pour qu'il puisse l'aspirer à nouveau par le nez. Ce qui, comme il se le fit intérieurement remarquer, ne contribuait guère à résoudre ses problèmes.

Un petit homme à lunettes s'installa au bar à ses côtés. D'une voix aux traces lointaines d'accent irlandais, il commanda un bock de bière. En ôtant son panama, il révéla une tête pratiquement chauve, excepté quelques touffes blanches autour des oreilles.

— Chaud ! dit-il aimablement à Grant en passant un énorme mouchoir sur son crâne chauve et luisant pour étayer son propos.

— Chaud, approuva sèchement Grant.

Le petit homme parcourut le bar des yeux, mais, ne voyant apparemment personne de sa connaissance, il tourna à nouveau son attention vers Grant.

— Nouveau à Yabba ?

Grant eut un mouvement de recul. Les habitants de Bundanyabba avaient-ils tous été coulés dans le même moule de conversation ?

– Nouveau à Yabba, dit-il avec une désinvolture telle qu'elle en était impolie, mais ce genre d'impolitesse était inconnu à Bundanyabba et le petit homme ne le perçut pas.

– T'aimes ce bon vieux coin ?

Au moins, pensa Grant, on allait pouvoir prendre une autre tangente.

– Non ! Je le trouve franchement dégueulasse.

Avec ça, se dit-il, j'espère bien étouffer la conversation dans l'œuf.

Le petit homme s'immobilisa, sa bière suspendue avant d'atteindre sa bouche.

– T'aimes pas Yabba ?

Il n'avait rien entendu d'aussi proche de l'hérésie depuis bien des années et il ne savait trop comment y répondre.

– Non.

Le petit homme but son bock sans reprendre son souffle et en commanda un autre. Il sembla réfléchir quelques instants puis se tourna à nouveau vers Grant et lui dit :

– Tu veux boire quelque chose ?

C'était comme si Grant avait commis un acte qu'il fallait taire, mais qui n'était pas abominable au point de l'avoir rendu infréquentable.

– Non merci. J'ai pas fini mon verre.

– Eh bien, vide-le, et je te paie le suivant.

Cela suffisait. Grant n'avait aucun désir d'adopter cet *émigré* presque chauve, en dépit des intonations nostalgiques de son accent.

– Écoute, dit-il, je suis fauché comme les blés, je n'ai pas de quoi boire et je veux simplement descendre tout doucement mon verre.

Mais cette approche était tout aussi infructueuse.

– Et alors, qu'est-ce que ça peut bien me faire, mon gars ? Je t'ai pas offert un verre pour que tu m'en offres un. Allez, descends-le, maintenant.

Le petit homme avait élevé la voix et un ou deux autres buveurs les regardaient. Grant préféra donc céder, vida son petit verre d'un trait et le posa sur le comptoir.

– Servez-nous deux bocks, mademoiselle, dit le petit homme, et Grant sentit bientôt la courbe réconfortante d'un verre de dix onces de bière froide contre sa paume.

– Je m'appelle John Grant, dit-il à contre-cœur.

– Tim Hynes.

Grant serra la main tendue. Elle était rude et étonnamment fraîche. « Sans doute d'avoir tenu des verres de bière », raisonna Grant, dont les propres mains étaient baignées de sueur.

– Et comment un jeune homme comme toi s'est-il retrouvé sans le sou ?

Mon Dieu, ces gens d'une convivialité acharnée dont la bonne volonté frôlait l'impertinence ! Mais bon, il était à Bundanyabba, il buvait une bière offerte par cet homme et puis, sait-on jamais, Hynes pourrait peut-être l'aider à trouver du boulot.

– J'ai perdu mon chèque de paie et je dois attendre plusieurs semaines avant d'en toucher un autre.

En tout cas, c'était littéralement la vérité.

– Quelques semaines ?

– Je suis l'instit de Tiboonda et je venais juste de toucher mon chèque pour les congés des grandes vacances de Noël.

Mais la vérité ne peut pas rester approximative très longtemps.

– Comment tu l'as perdu ?

– J'en sais rien. Je l'ai juste perdu. Je l'ai peut-être fait brûler avec quelques ordures en préparant mes affaires.

– Et tu n'as plus d'argent ?

– Quelques shillings.

– Et comment tu vas en récupérer ?

– Oh, j'ai écrit au ministère, ils vont bien finir par m'envoyer un autre chèque, mais ils ne sont pas rapides.

– T'étais venu à Yabba pour tes vacances, alors, John ?

– Jamais de la vie ! Je devais partir à Sydney.

Grant réalisa que son histoire ne cadrait pas trop.

– Je ne m'étais pas aperçu de la perte du chèque avant ce matin.

– Ah bon, et qu'est-ce que tu vas faire en attendant ton chèque ?

– Je n'en ai pas la moindre idée.

Ses fabulations un peu faciles allaient peut-être porter leurs fruits.

– En tout cas, tu ferais mieux d'en boire un autre. Deux autres bocks, mademoiselle !

– Écoute, merci beaucoup, mais je n'aime pas boire comme ça en sachant que je ne peux pas payer ma tournée… Je…

– Ah, t'en fais pas, John. T'en fais pas. J'ai été sur la paille bien des fois, moi aussi.

– Je me disais que je pourrais peut-être trouver du boulot ici pour une quinzaine de jours.

– C'est bien possible, John, bien possible. Merci, mademoiselle.

Hynes régla en sortant un portefeuille gonflé de billets. Il se tourna de nouveau vers John.

– Et ça te plaît, le boulot d'instit à Tiboonda ?

Grant ne voulait plus se débarrasser de Hynes, mais il souffrit d'un léger dégoût de lui-même en s'en apercevant.

– C'est pas mal, un peu paumé.

– Et t'aimes pas Yabba ?

– C'est-à-dire qu'avec tout ça je suis un peu en pétard, mais c'est sans doute pas mal, ici.

Sacré nom d'un chien ! Ce qu'on pouvait raconter quand on se sentait piégé.

Hynes se pencha vers lui et ponctua ses propos en frappant son verre sur le comptoir.

– Fiston, lui dit-il avec intensité, c'est la meilleure petite ville du monde !

Grant fit de son mieux pour adopter une expression se prêtant à la situation, mais il était incapable de déterminer à quoi elle aurait dû ressembler. Il sourit sans s'engager.

– En tout cas, tout le monde a l'air de se plaire ici, dit-il.

– Évidemment. Écoute-moi bien, maintenant, John.

Grant écouta tandis que Hynes baissait la voix.

– T'es franc-maçon ?

– Non.

– T'es dans les Buffs ?

– Dans les quoi ?

– Dans les Buffs ?

– Les Buffs ?

Grant était perplexe.

– Les Buffalos.

– Les buffalos ?

Ça allait durer longtemps comme ça ?

Mais Hynes était tout aussi exaspéré.

– Est-ce que t'es membre de la loge des Buffalos ?

– Non. J'en ai jamais entendu parler.

– Ni franc-maçon ni Buff.

Hynes était désemparé ; puis, comme s'il comprenait soudain :

– T'es catholique, alors ?

– Non, pas catholique.

– Pas que ça t'aiderait beaucoup, si c'était le cas. Bon, qu'est-ce que tu vas faire ?

– Je ne sais pas.

– Et t'es pas un Buff ?

– Non, je ne suis pas un Buff.

– Mon pauvre vieux ! Deux autres bières, mademoiselle !

Grant ne prit même pas la peine de protester. Il commençait à se replier sur lui-même et le dépit qu'il éprouvait pour ses pertes se transformait en tristesse. Il n'avait pas l'habitude de boire autant après un léger petit déjeuner de papaye.

Il but avec Hynes toute la matinée et parla de Bundanyabba, du travail de Hynes – apparemment en relation avec l'une des mines –, de ses deux filles superbes et, en fin de matinée, de sa femme superbe.

Au départ, Grant tenta d'orienter la conversation sur ses chances de trouver du travail à Bundanyabba, mais, chaque fois, Hynes repartait sur l'impondérabilité de sa non-appartenance aux Buffs, et Grant ne pouvait plus le supporter. C'est ainsi que ce dernier, qui n'allait pas tarder à se ficher d'à peu près tout, se laissa aller à boire.

Puis, lorsque Hynes acheta des bouteilles de bière à emporter, Grant se retrouva sombrement accoudé au comptoir, à penser à Robyn avec une profonde mélancolie.

Robyn avait une voix douce et ronde et, lorsqu'elle parlait, sa bouche s'agitait mi-timidement, mi-effrontément. Ses yeux étaient gris et clairs. Son large et beau visage contenait un soupçon de gravité orientale, qui s'évaporait dès qu'elle sou-

76

riait. Elle avait un profil grec et serein, son corps était doux et fort.

– On ferait mieux d'aller manger à la maison.

Grant se surprit en train de sourire tendrement au comptoir, et, en essayant de mettre de l'ordre dans ses pensées, il les sentit se bousculer et s'effondrer. Il se tourna vers Hynes, dont les bras étaient chargés de bouteilles de bière enveloppées dans du papier kraft.

– Je ne peux pas débarquer comme ça chez votre femme pour manger.

Grant parlait doucement.

– Bien sûr que si. Elle a l'habitude.

– Oui, mais pour tout dire, mon vieux, je crois que j'ai un peu trop forcé sur la bouteille, alors le moment est mal choisi pour me rendre chez un inconnu…

– Les inconnus, ça n'existe pas à Yabba, mon gars, allez, on y va.

Il était près d'une heure. Voilà trois heures qu'ils buvaient et Hynes ne traversa pas le bar en ligne droite. Grant marcha lentement, mais droit, très conscient des efforts qu'il déployait pour y parvenir. Hynes ouvrit la portière d'une grosse Ford et plaça la bière sur le siège arrière.

– Monte, dit-il à Grant en faisant le tour pour s'installer au volant.

Grant se débattit maladroitement avec la poignée, mais il réussit à s'installer.

La voiture était au soleil depuis des heures et la température lui coupa le souffle.

Mais, avec l'attitude détachée de l'ivrogne, il observait sa propre gêne avec distance.

Bientôt, pensa-t-il confusément, il allait devoir affronter l'avenir, mais, pour le moment, il allait simplement vivre la vie telle qu'elle se présentait à lui.

Ils roulèrent jusqu'à la banlieue de la ville, en passant devant la cathédrale catholique qui semblait bien trop imposante et inébranlable pour Bundanyabba.

La maison de Hynes était un bungalow en bois, large et plat, précédé par une tentative de jardin.

Hynes le devança sur la large véranda, poussa la porte d'entrée et pénétra dans un couloir sombre, qui promettait une fraîcheur sans tenir sa promesse, car la fraîcheur n'existait nulle part à Bundanyabba au mois de décembre.

— Entre et assieds-toi, dit-il à Grant en le poussant dans une salle sur le côté. Je vais dire à ma femme qu'on est là.

Grant se trouvait dans l'obscurité d'une salle de séjour, aux rideaux lourds et à la moquette épaisse.

L'ensemble, pensa-t-il, est d'un mauvais goût incontestable, mais c'est énormément confortable. Il s'assit dans un fauteuil en cuir moelleux, aux accoudoirs en bois.

Tandis que ses yeux s'habituaient à l'obscurité, il se surprit en train de faire de la gymnastique mentale, abandonnant à contrecœur son idée que la pièce était meublée à outrance. Elle était plutôt agréable.

Il chercha une cigarette, s'aperçut que c'était la dernière, et préféra donc en prendre une, présentée dans une boîte décorative sur la table basse.

Il l'alluma et s'enfonça dans le siège en avalant la fumée. C'était de toute façon bien mieux que d'arpenter les rues et, dès qu'il aurait un peu dessaoulé, il allait se pencher sérieusement sur la question de trouver du boulot.

Après tout, il n'était pas complètement ruiné. Il devait simplement trouver un moyen de rassembler quelques livres et il réussirait peut-être même à passer une quinzaine de jours à Sydney. S'il n'y parvenait pas, il ne lui resterait plus qu'à passer une autre année à Tiboonda.

Une autre année à Tiboonda… Vaut mieux pas penser à ça… Pas la peine de se pourrir la cervelle tout de suite.

Une fille, grande et sérieuse, entra dans la pièce en lui disant :

— Papa vous rejoindra dans quelques minutes.

Grant se leva brusquement et, réalisant ce faisant qu'il était un tantinet trop courtois, il s'inclina discrètement et dit :

— Comment allez-vous ?

— Bien, et vous ?

Le ton de sa question indiqua à Grant qu'elle savait qu'il était à moitié saoul.

Elle s'assit en face de lui.

— Je m'excuse de débouler comme ça chez vous. Votre père a plus ou moins insisté.

— Il fait toujours ça.

Grant eut le sentiment que cette situation n'était pas inédite, qu'il ne représentait qu'un nouvel incident minime à tolérer.

Elle était très mince, mais son corps suggérait des formes rondes et sa robe foncée, à fleurs, épousait tous ses mouvements. Elle avait les cheveux longs et bruns, et des yeux immenses. Sa bouche aussi, mais pas disproportionnée dans son visage. Grant ne savait pas qu'il y avait de telles filles dans l'Ouest. Elles lui étaient toutes apparues comme des créatures bossues, en sueur, au teint terreux.

Il se rendit compte qu'il était planté à la dévisager et se rassit rapidement, s'affairant à faire tomber la cendre de sa cigarette.

— Je m'appelle John Grant, lui dit-il, en regrettant la grossièreté de sa voix.

Elle sourit cérémonieusement et le laissa patienter un peu avant de dire :

— Et moi, Janette Hynes.

Ils redevinrent tous deux silencieux et la fille se carra dans sa chaise, appuyant la tête sur le dossier en étendant les bras jusqu'à ce que le bout de ses doigts repose sur ses genoux. Elle exprimait ainsi sa réaction à la chaleur ou à l'ennui de la présence de Grant, ou aux deux.

Grant aurait aimé être soit plus ivre, soit plus sobre, mais en son état actuel, il n'était pas en mesure de gérer la situation. Il resta donc assis en silence, le regard désespérément fixé sur la cigarette qu'il fumait.

Ils restèrent ainsi près de trois minutes, puis Hynes entra, deux grands verres de bière à la main.

— Un verre vite fait avant de déjeuner, dit-il.

Grant prit le verre et se relança dans un semblant de protestation contre l'invitation à manger, mais Hynes le réduisit bruyamment au silence, et Janette en profita pour quitter discrètement la pièce.

La seule preuve que Hynes était conscient de son départ fut qu'il s'assit sur sa chaise. Il était, lui aussi, enclin au silence, et Grant soupçonna que Mme Hynes n'avait peut-être pas été aussi docile que l'avait prévu son mari.

Grant se demanda à quoi pouvait ressembler cette femme qui, avec ce curieux petit homme, avait produit Janette. Ils l'avaient sans doute eue sur le tard, à moins que Mme Hynes ne soit bien plus jeune que Hynes.

— Ta fille travaille à Yabba, Tim ?

— Elle est infirmière.

— C'est la cadette, non ?

— Oui. L'autre a trente ans.

L'enthousiasme de Hynes par rapport à ses filles semblait avoir pâli depuis le pub.

Janette passa la tête par la porte et dit :

– Maman vous appelle pour manger.

Hynes et Grant s'empressèrent de terminer leur bière et prirent le couloir vers le fond de la maison.

Dans la salle à manger, Mme Hynes finissait de mettre la table et semblait assez bien disposée à l'égard de Grant quand Hynes le fit entrer. Elle était carrée, plus jeune que Hynes, mais guère plus.

Elle rejeta les excuses de Grant et le plaça à table, devant des couverts de bonne qualité méticuleusement disposés sur une vaste nappe blanche et amidonnée.

Janette s'assit à un bout de la table, sa mère à l'autre, Hynes et Grant l'un en face de l'autre. Rien n'indiquait la présence d'une seconde fille.

Hynes ne cessa de parler pendant tout le repas. Mme Hynes riait poliment de temps à autre, disait « ça alors ! » quand cela s'imposait et ne montrait pas le moindre intérêt vis-à-vis de Grant ou de Hynes. Janette ne dit rien. Grant eut l'impression que Hynes était reconnu comme le chef de famille, que sa volonté faisait plus ou moins loi, mais que personne n'avait une bien haute opinion de lui. Il avait déjà remarqué des situations similaires dans d'autres familles de l'Ouest.

Le déjeuner était un repas classique de l'Out-back, steak et pommes de terre avec un légume en boîte non identifiable. Mais il était bien cuisiné et Grant, l'appétit enflammé par la bière, l'avala si rapidement qu'il ne se rendit compte qu'il était en train de sucer la sauce que lorsque Mme Hynes lui proposa de le resservir.

– Non. Non, merci. C'était excellent, merci, murmura-t-il en évitant de regarder Janette.

Ils mangèrent une sorte de tarte à la crème anglaise en dessert, puis Hynes ramena immédiatement Grant dans le séjour avec quelques bouteilles de bière, tandis que Janette et sa mère débarrassaient la table.

Grant se sentit plus maître de lui-même après avoir mangé et décida résolument de ne plus boire. Mais il accepta un verre, juste pour avoir quelque chose à la main, et prit une autre cigarette dans la boîte sur la table.

– Bon, dit-il à Hynes, eh bien, je crois que je ferais mieux de partir bientôt.

– Partir ? Où ça ?

– Eh bien… je… eh bien… j'imagine que je devrais chercher du boulot.

– Tu ne trouveras pas de boulot un samedi.

– Non, sans doute que non, mais je… eh bien…

– Allons, bois ta bière, mon gars, et amuse-toi un peu, pourquoi pas ?

– Oui, mais tu comprends, il faut vraiment que je fasse quelque chose.

– On y réfléchira plus tard ; bois ta bière pour le moment, mon gars, et arrête de t'en faire.

De lourds pas sur la véranda firent vibrer toute la maison. Le visage de Hynes s'éclaira et il cria :

– Par ici, les gars, entrez !

Deux hommes énormes en chemisette, la trentaine, apparurent à la porte.

– Salut, Tim, dirent-ils, puis : « Salut, John » quand il leur fut présenté.

Hynes s'empressa d'aller chercher des verres supplémentaires, et Grant vécut quelques instants d'anticipation épouvantable jusqu'à ce que l'un des hommes finisse par dire :

– Nouveau à Yabba, John ?

Mais Hynes revint avant qu'il n'ait à répéter la même rengaine.

Hynes et ses deux amis se mirent à parler tous en même temps, échangeant quelques insultes maladroites, qui passent pour de la repartie dans l'Ouest.

Mis à part quelques détails mineurs dans leurs traits, les nouveaux venus semblaient presque identiques, jusque dans les épaisses touffes de poils frisés dépassant entre leur cou et leur chemisette.

Un de ces jours, pensa Grant, il allait faire fortune en commercialisant ces touffes, qu'il vendrait comme des nœuds papillons.

Les deux hommes, apparemment des mineurs, étaient des collègues de Hynes. L'un s'appelait Dick et l'autre Joe ; et, en dépit des apparences, ils n'étaient ni frères ni même vaguement parents.

Les rares fois où Grant avait pensé aux mineurs, il les avait imaginés encrassés, émergeant de la terre comme des taupes, à cela près qu'ils cligneraient des yeux, hocheraient la tête et auraient certainement un accent gallois. Ces deux-là étaient des spécimens impeccablement lessivés, qui parlaient avec ces intonations nasales, développées par ceux qui ne peuvent ouvrir trop grand la bouche par crainte d'avaler de la poussière.

Grant s'aperçut qu'il avait accepté que son verre soit à nouveau rempli, puis il fut surpris de le retrouver vide, et encore rempli. Hynes, qui semblait l'avoir oublié, était absorbé dans une conversation, globalement incompréhensible pour Grant, où il était question d'un groupe de lévriers qui appartenait aux deux mineurs.

— Vous leur faites faire des courses ? s'aventura à leur demander Grant.

Dick le regarda, comme surpris de s'apercevoir qu'il était encore là.

— Qu'est-ce qu'on pourrait faire d'autre ? dit-il, en se tournant à nouveau vers Hynes.

Grant fixa encore son attention sur sa cigarette, en envisageant, avec les yeux troubles maintenant, la meilleure manière de s'enfuir de là, puis l'endroit où il devait s'enfuir. Mais, comme il n'y avait pas de réponse satisfaisante, il se contenta de rester assis.

Un peu plus tard, il laissa ses yeux se fermer, et les voix devinrent un bourdonnement incessant et ininterrompu. Un bourdonnement tiède, comme des abeilles, de très grosses abeilles, un jour de chaleur, de grande chaleur.

Il coulait, coulait, il coulait doucement, juste assez conscient pour apprécier de sombrer, sombrer, dans une tiédeur confuse, ses membres lourds, lourds, au repos, la sensation de s'écouler, de s'épancher, de sombrer de plus en plus profondément sans avoir peur.

– Vous allez renverser votre bière si vous ne vous redressez pas.

Janette était assise sur un tabouret à côté de sa chaise.

Grant secoua la tête et étira les muscles de ses mâchoires, essayant de dissiper le brouillard qui lui grippait corps et esprit et qui finit par s'en aller doucement, à contrecœur, douloureusement.

– Excusez-moi, dit-il, j'me suis endormi.

Hynes et ses amis poursuivaient leur vigoureuse discussion sur les chiens et ne semblaient s'être aperçus de rien.

Janette n'offrit aucune assistance. Elle se contenta de rester assise, impassible, sans la moindre attente.

Grant avala une énorme gorgée de bière et esquissa un sourire. Il échoua car son visage refusait de coopérer.

Mais bordel, il devait exister une limite au degré d'humiliation qu'il pouvait supporter.

Il se leva et dit d'une voix un peu trop forte :

– Je vais y aller, Tim, merci de ton hospitalité.

Les trois hommes interrompirent leur conversation et le regardèrent. Les visages des jeunes n'affichaient aucune expression, mais celui de Hynes était perplexe, il ne savait trop que faire de Grant. Il était manifestement tenté par l'éventualité de s'en débarrasser. Grant crut un instant que c'était exactement ce qu'il allait faire et regretta même de l'avoir suggéré… Retour dans les rues de Bundanyabba.

– Et où irais-tu, mon gars ?

Il n'y avait pas de réponse à cette question et Grant pataugea dans sa réponse, marmonnant de manière incompréhensible, sachant et appréciant le fait que Hynes allait insister pour qu'il reste.

Hynes s'approcha de lui, une bouteille à la main.

– Reste dans le coin un petit moment, dit-il, en remplissant son verre, faut qu'on regarde ce qu'on peut faire pour te trouver du boulot.

Grant était maintenant convaincu que Hynes n'avait ni la capacité ni l'intention de lui trouver du boulot, mais il valait mieux laisser tout cela de côté pour le moment. Il n'y avait guère d'intérêt à repartir en titubant, à moitié saoul.

– Assieds-toi et parle avec Janette, dit Hynes. Tu ne peux pas te contenter de la compagnie d'une jolie fille pour quelques heures ?

Hynes repartit vers ses amis, abandonnant son commentaire comme un tas d'une substance légèrement déplaisante entre Grant et Janette, une substance sur laquelle on n'attirerait pas l'attention, mais dont ils étaient tous deux excessivement conscients.

Tout du moins, Grant pensait qu'ils devaient en être tous deux conscients. En réalité, Janette lui sourit tandis qu'il se rasseyait et dit :

– Pourquoi cherchez-vous du travail ?

– La raison habituelle : pour gagner de l'argent.

Il consulta sa montre, il était presque cinq heures et demie. Depuis combien de temps était-il assis ainsi, abruti ?

Janette lui lançait un œil inquisiteur, et – l'imaginait-il ? – il lui sembla percevoir une certaine chaleur, une attitude nuancée qui semblait l'accepter dans le cercle des gens qu'elle était prête à connaître.

Des détails supplémentaires sur sa position étaient manifestement requis et il répéta la même version de sa situation qu'il avait servie à son père.

– De toute façon, dit-elle, tout s'arrangera dès que vous recevrez le nouveau chèque, n'est-ce pas ?

Grant s'aperçut que, chaque fois qu'il regardait son verre, il le trouvait vide, et Hynes, inquiet et ne sachant trop que penser de son invité, traversait constamment la pièce pour lui, remplissait son verre et l'assurait qu'il allait « tout arranger ».

Hynes était très saoul, et Grant ne se sentait guère plus loin dans les couloirs élastiques et pastel de l'ébriété ; sa voix produisait un écho splendide à ses propres oreilles ; sa carrure semblait plus grande que nature, ferme et déployée, et, il en était sûr, un sourire ironique lui ourlait les lèvres, se moquant de la vie et de ses propres mésaventures.

Grant tenait assez bien l'alcool, et, même s'il en était à peine conscient, il mangea proprement le plat de salade et de viande que Mme Hynes servit sans un mot, pour tout le monde, dans la salle à manger.

Et il ne tituba pas en quittant la pièce.

Mais il y avait des trous dans le déroulement des événements et il ne se rappelait pas clairement comment il était allé d'un point à un autre.

Sa voix était pleine et riche, et c'est à voix basse qu'il demanda à Janette pourquoi diable elle restait à Bundanyabba.

Il était sur la véranda. Dieu seul sait où étaient les autres, mais Janette était assise près de lui, tout près de lui.

Les étoiles de l'Ouest encombraient le ciel, sauf là où la lune les absorbait et dilapidait sa lumière en un torrent dont les cascades sur Bundanyabba accordaient un bref instant de grâce à la cité.

Grant respira profondément l'air tiède et, d'un œil majestueusement mélancolique, il observa les toits miroitants de la ville.

– *Le Clair de lune*, dit-il, *comme de la neige sur le visage poussiéreux du désert.*

Janette ne répondant pas, il ajouta :

– Vous savez, *L'éclairant une petite heure ou deux.*

Elle ne dit toujours rien.

– C'est extrait d'un poème, dit-il, un peu moins pompeusement.

– Je sais.

Était-il en train de se ridiculiser ? Janette n'avait pas l'air de le penser. Janette lui parlait à présent. Il n'arrivait pas à bien saisir ce qu'elle lui disait, mais ça semblait agréable. Sa voix était douce et basse, Robyn était à plus de trois mille kilomètres d'ici ; de toute façon, Robyn était une cause perdue, et Janette avait sa propre forme de beauté, bien particulière. Janette était charmante, agile et sérieuse, et Janette était tout près de lui.

– Vous avez envie de faire un petit tour ? lui dit-il en souriant, souhaitant que son propre visage revête un masque approprié de souffrance attendrissante. Il eut l'impression diffuse que sa suggestion n'était pas tant son idée à lui qu'une expression des intentions de Janette. Après tout, peut-être était-il vraiment ivre.

90

Puis il se retrouva debout à ses côtés dans le salon, tandis que Janette disait :

– Papa, nous allons nous promener, John et moi.

Les trois hommes leur lancèrent un regard lourd, et l'un des mineurs sembla contrarié ; c'était sans importance puisqu'ils étaient bientôt en train de descendre la rue, et il était seul avec Janette dans la nuit, avec cette lune qui embellissait jusqu'à la poussière.

Quelque part au fond des recoins tourbillonnants de son esprit, il savait que tout cela était un peu trop facile. Janette n'avait pas eu l'air de s'intéresser beaucoup à lui auparavant. Il ne se souvint plus du moment précis où il s'était attaché à elle, mais il ne croyait pas qu'elle eût dit grand-chose ; et elle semblait maintenant l'accompagner et lui laisser tenir sa main avec une attitude quasi servile.

Pourquoi s'accommodait-elle ainsi de la situation ? Qui était donc cette grande fille brune qui l'accompagnait à présent au-delà des limites de cette ville barbare ?

Ils quittèrent la route.

Qui avait initié la bifurcation ? Grant mit son esprit à l'épreuve et regarda la fille à ses côtés. Elle semblait résolue ; elle semblait… elle semblait quoi ?… Pourquoi était-elle aussi silencieuse ?

Ils marchaient sur une terre dure et poussiéreuse, un terrain vague entre la ville et l'une des

mines, et ils projetaient de grandes ombres effi-
lées dans le clair de lune.

Grant regarda à nouveau la fille, mais il sentit
son esprit lui échapper et ses pensées se vautrer
dans un nouveau circuit d'ivresse.

Tout était très calme là où ils étaient, il n'y avait
pas assez de végétation pour attirer les insectes et
le seul bruit était celui de leurs pas dans la poussière. Grant se rendit compte qu'ils ne s'étaient
pas parlé depuis plus de cinq minutes.

– Vous êtes très… silencieuse, dit-il.

– Vous croyez ?

Sa voix était plus profonde, presque rauque,
ce qui perturba Grant.

Elle ne dit rien de plus et elle marchait maintenant, sa tête très proche de celle de Grant, et
comme les yeux de ce dernier se refusaient à toute
mise au point, il voyait son profil en double.

Elle avait les yeux vitreux et la bouche ouverte.
Elle regardait droit devant elle et avançait d'un
pas assez vif, en le tirant par la main.

Grant commença à se douter de beaucoup de
choses et fut certain qu'il eût mieux valu qu'il fût
moins saoul. Il fut saisi par la vivacité qui s'était
emparée de cette fille tandis qu'elle traçait le chemin, le corps tendu. Elle ne marchait pas, elle y
allait.

Un instinct de prudence le poussa à dire :

– Votre père ne s'inquiétera pas si nous res-
tons trop longtemps ?

Mais la question sembla ridicule, même à ses propres oreilles.

Ils arrivèrent à un léger creux du sol, dans lequel un petit coin de broussailles éparses avait formé comme une haie, avec une section dégagée au milieu.

Grant ne se contentait plus d'avoir des soupçons, il savait que c'était Janette qui l'avait guidé ici, et il savait pourquoi. Il était impossible d'être saoul au point de ne pas s'en rendre compte.

Elle se faufila dans les broussailles jusqu'au coin dégagé. Il la suivit.

Ils marquèrent une pause, debout ensemble, deux silhouettes grandes et minces au clair de lune, entre la mine et la ville.

Elle ne semblait plus si pressée maintenant, elle sombra sur la terre nue et s'allongea sur le dos, les mains jointes derrière la tête. Grant resta un instant debout au-dessus d'elle, sentant que quelque chose d'important devait être dit, puis il s'assit à côté d'elle.

Elle avait les yeux fermés et respirait profondément. Grant tenta de lui passer la main sur le visage. Elle inclina la tête, de manière à poser ses lèvres ouvertes sur les doigts de Grant.

– Vous savez, vous êtes très… belle, dit-il, mais il n'aima pas le sourire sardonique qui se dessina sur les lèvres de Janette lorsqu'elle entendit ses paroles.

Les mots n'étaient somme toute pas forcément nécessaires.

Il sortit sa dernière cigarette, l'alluma et s'aper-çut que la tête de Janette était soudain sur sa cuisse.

Il leva les yeux au ciel et fit de gros efforts de réflexion, avec les capacités qui avaient survécu à l'alcool. Il était évidemment tenté de séduire cette fille, ou de la laisser le séduire, mais il aurait voulu que les choses soient un peu plus claires. Et puis, il y avait certaines difficultés techniques…

Mais enfin, elle savait bien ce qu'elle faisait, elle, alors pourquoi pas ? Il était décidé. L'était-il ? Oui, il était décidé, pourquoi pas ? Oui, il était décidé.

Il continuait de penser qu'il devait dire quelque chose, mais il ne semblait rien y avoir à dire, ou rien qui soit bien perçu en tout cas.

Il y avait Robyn. Les cheveux de Robyn étaient blonds… mais Robyn n'était pas ici. Robyn était loin, très loin. De toute façon, qu'est-ce qu'elle représentait pour lui, Robyn ?

Il se rappela soudain qu'il n'avait jamais eu de femme avant et il sut que, un peu plus sobre, cette pensée l'aurait alarmé. Mais dans son état, il se sentit simplement emporté par l'inévitabilité de toute l'affaire. Le temps de la retraite était révolu.

Il était trop ivre pour connaître l'emprise de la passion, mais ses impulsions anesthésiées dictèrent ses actions et il s'étendit à côté d'elle, écrasant sa cigarette dans la poussière, posant un bras sur son corps.

Ils étaient étendus face à face. Grant ne distinguait qu'un flou de joues, de cheveux, de lèvres et de grands yeux clos. Il se pressa contre elle, s'appuya sur un coude et posa la main sur sa gorge.

Ils restèrent allongés ainsi, une minute peut-être, la respiration de Janette s'accélérant, tandis qu'elle gardait les yeux résolument fermés.

Grant l'embrassa, un peu maladroitement, mais elle répondit et il fut intrigué par la caresse de leurs lèvres, et ah ! il lui sembla transmettre une étincelle de passion qui lui traversait le corps, mais elle ne dura pas longtemps.

Quelque part derrière la mine, un renard se mit à japper et le cri ne fit que renforcer leur intense sentiment d'isolement.

Grant fut pris de tristesse et se demanda ce qu'il devait faire maintenant. Ce n'était pas tout à fait ce qu'il avait prévu, ne risquait-il pas d'engendrer un enfant ici même, sur cette terre stérile qu'il haïssait tant ? Comme le corps de cette fille frémissait et tremblotait ! Le sien était passif à présent, et il regrettait de ne pouvoir se laisser emporter par le désir, mais il ne ressentait rien d'autre qu'une morne certitude de ses propres intentions.

Le renard jappa encore, de plus loin cette fois-ci.

Grant resta allongé à regarder Janette, s'interrogeant, perplexe, sur lui et sur elle, et sur le clair de lune dans la poussière.

Janette approcha lentement la main de sa gorge et défit les boutons de sa robe. Elle écarta le vêtement et Grant put voir qu'elle ne portait rien d'autre.

Elle ouvrit les bras et rejeta la tête en arrière, exposant ses seins à la lune.

Grant ne bougea pourtant pas, il la regardait fixement à présent, plein du désir de ressentir le plaisir intense que ça devrait lui procurer.

Il manquait quelque chose, ça ne pouvait pas être que cela, quelque chose de plus évident, même s'il s'agissait de simples plaisirs.

Le renard jappa une nouvelle fois, de si loin maintenant qu'on l'entendit à peine.

Janette étendit le bras et attira Grant sur le bas de son corps. La passion se réactiva et il s'adonna à la tâche qui lui incombait.

Mais, alors même que les bras de Janette se refermaient autour de son cou, une nausée l'assaillit avec une violence incroyable.

Il roula loin d'elle, s'agenouilla dans les buissons et vomit encore et encore, douloureusement, bruyamment, dans l'humiliation la plus abjecte.

Malade et honteux, il fit enfin face à Janette. Elle était plantée hors du cercle de broussailles. Elle avait reboutonné sa robe.

– Désolé, dit Grant, on ferait mieux de rentrer.

Janette ne dit rien et ils rejoignirent la route, sous la lumière de la lune, à présent crue et fragile.

Grant se laissa envahir par son ivresse ; il s'abandonna en elle, comme un homme sombre dans le sommeil pour échapper à ses pensées.

Plus tard, il n'eut qu'un souvenir fragmenté des événements du reste de la nuit…

Janette époussetant sa veste avant d'arriver à la maison.

Les hommes en train de chanter à l'intérieur. Ils l'avaient regardé entrer et quelqu'un avait ri.

Janette partie, disparue entre le portail et le salon où chantaient les hommes.

Un autre homme qui les avait rejoints. « Tiens, c'est Doc Tydon », lui avaient-ils dit. Un petit homme de pas grand-chose avec une moustache.

On lui avait tendu une bière et il l'avait bue goulûment, sans plaisir, ne recherchant qu'une absence de pensée et de sentiments.

De la bière et encore de la bière.

Puis plus de bière, du whisky…

Puis plus de whisky, mais une espèce de liqueur sirupeuse et poisseuse.

« Alors, John, tu te plais, à Yabba ? » Qui diable avait posé cette question ?

Des propos enflammés, mais qui était en colère contre qui ?

Jusqu'à ce qu'enfin Grant parvienne à sombrer dans l'oubli, à s'anéantir complètement, pour le moment en tout cas.

3

Il était tapi derrière un bureau, dans un coin de la salle de classe de Tiboonda, et un homme armé d'un revolver s'apprêtait à lui tirer dessus. La détonation lui fit mal à la tête et le feu de l'explosion lui fit mal aux yeux.

Puis il était mort.

Pause.

Oubli.

Il était de nouveau dans le coin, et l'homme armé allait encore lui tirer dessus et il savait que c'était la deuxième fois. La douleur dans sa tête. La douleur dans ses yeux. C'était la peur plus qu'autre chose. Il allait se faire tuer et il ne pouvait absolument rien y faire. L'explosion. Le flash.

Puis il était mort.

Pause.

Oubli.

Quand il ouvrit les yeux, la lumière était insupportable. Il les ferma. Mais il devait les rouvrir pour voir où il était.

Il était allongé sur un brancard. Ses vêtements étaient trempés de sueur. La soif lui creusait des sillons dans la gorge. Il avait mal, mal et mal à la tête.

Où diable était-il ?

Il se leva et tituba sous l'effet de la douleur qui lui clapotait dans le crâne.

Il y avait une porte un peu plus loin, et il y avait quelqu'un derrière cette porte. Il entendait un bruit d'assiettes.

Grant s'approcha et ouvrit la porte. Elle menait à une espèce de cuisine, et à un homme qu'il vit de dos, en train de préparer quelque chose sur une cuisinière Primus.

L'homme, petit et sec, moustachu, se retourna.

— Salut, dit-il.

Grant s'y prit à trois fois avant de réussir à prononcer « salut ».

— J'imagine que tu dois pas te sentir frais, lui dit l'homme.

— Non, dit Grant, qui se sentait à deux doigts de s'évanouir ou de mourir.

— Tu veux boire un coup ? dit l'homme.

— De l'eau, dit Grant.

— De la bière, dit l'homme.

— Juste de l'eau, merci, dit Grant, qui allait hurler s'il lui fallait prononcer un autre mot avant de boire.

— L'eau de Yabba n'est bonne que pour cuisiner, dit l'homme.

Il ouvrit un petit réfrigérateur à kérosène et en sortit un verre de bière.

— Je la laisse perdre ses bulles, dit-il, elle descend mieux comme ça quand on est dans ton état.

Grant prit le verre et crut qu'il allait se remettre à vomir quand l'odeur aigre de la bière plate lui arriva aux narines. Mais il devait boire quelque chose et, une fois le verre à moitié vide, elle n'avait plus aussi mauvais goût.

— Je suis vraiment navré, dit-il, mais… on se connaît ?

— Tydon, dit l'homme, Doc Tydon. On s'est rencontrés chez Hynes hier soir.

Grant digéra cette information. Chez Hynes, hier soir. Sa mémoire lui asséna un coup déloyal. Il examina ses vêtements. Ils étaient indéniablement tachés. Oh, Dieu ! enfin, il pourrait penser à tout cela quand il aurait moins mal.

— Tu ferais mieux de t'asseoir, dit Tydon, en poussant une caisse de fruits vers lui.

Grant s'assit dessus. Tydon prit son verre et le remplit avec un autre qu'il sortit du frigo.

— Merci, mais je préfère ne pas en boire un autre, dit Grant.

— Il en faut deux quand on a une tête pareille. Après, tu ferais mieux de manger quelque chose.

Grant descendit docilement la moitié de la bière.

– Qu'est-ce que je fais ici ?

– C'est moi qui t'ai ramené, hier. T'étais blindé.

– Blindé ?

– Pinté. Bourré, plein, en état d'ébriété, appelle ça comme tu veux.

– Excuse-moi. J'ai pas encore l'esprit trop clair. Qu'est-ce qui s'est passé ?

– Après ton petit épisode avec Janette, t'as bu jusqu'à ce que tu roules sous la table.

Grant sentit son visage s'affaisser en entendant cela.

– Te prends pas la tête. On a tous eu nos petits épisodes avec Janette.

Il allait falloir réfléchir à beaucoup de choses quand il se sentirait mieux, mais, pour le moment, réfléchir ne semblait guère pratique.

– Je te remercie, mais je n'ai pas particulièrement envie de manger, tout de suite.

– Non, mais tu devrais tout de même te forcer. Allez, vas-y.

Grant ne pouvait pas discuter. Il tira la caisse vers la table et se mit à manger avec la cuillère que lui avait donnée Tydon. C'est vrai, la nourriture lui faisait du bien. Il mangea tout.

Il eut un nouveau flash de mémoire : ses valises, où étaient-elles ?

Il les avait laissées au pub. Quel pub ? Grand Dieu ! Il n'avait aucune chance de les retrouver. Il repoussa les larmes qui lui montaient aux yeux.

Il avait perdu son argent, son honneur, sa vertu et maintenant ses valises, et les valises lui paraissaient constituer la perte la plus importante de toutes.

Mais nom de Dieu ! Il n'allait pas craquer et chialer devant ce Tydon.

– Ça a dû être une sacrée fête, la nuit dernière, dit-il.

– C'est comme ça tous les week-ends, chez Hynes.

– Ça s'est fini à quelle heure ?

– À l'aube.

– Quelle heure est-il, maintenant ?

Sa montre s'était arrêtée.

– Vers les quatre heures.

– Putain !

Grant fit de son mieux pour se lever rapidement.

– Bon, eh ben, merci de ton hospitalité. Je ferais mieux d'y aller maintenant.

Il avait récemment prononcé ces mêmes paroles quelque part…

Bien sûr… chez Hynes !

– T'as nulle part où aller, alors tu seras pas plus mal ici.

– Mais je ne peux pas rester ici indéfiniment.

Il ressentit le besoin de se justifier.

– Tu comprends, je suis l'instituteur de Tinboonda et j'ai perdu mon…

– Oui. J'ai entendu toutes tes foutaises hier soir. J'en crois pas un traître mot.

– Ah bon ?

– Non.

Tydon exprimait son mépris tranquillement.

– Mais… pourquoi pas ?

– Je t'ai vu au Jeu vendredi soir.

– Ah…

– Qu'est-ce qui t'a donné l'idée de raconter des sornettes ?

– Ben, on se sent un peu con…

– Des plus forts que toi se sont fait avoir comme des cons au Jeu.

Grant parvenait à voir et à entendre Tydon clairement, pour la première fois, et il ne lui plaisait pas beaucoup. Il avait des dents vraiment très abîmées.

– J'en doute pas. Mais, quoi qu'il en soit, je ne peux pas rester indéfiniment dans ta… cabane, si ?

– C'est pas ma cabane. Propriété de la mine. Je vis dedans depuis cinq ans, voilà tout.

– Oui, mais peu importe…

– Je vois pas la différence entre rester ici ou parasiter des hommes comme Tim Hynes.

Il n'y avait pas grand-chose à répondre à cela, Grant resta donc assis et regarda par la petite fenêtre de la cuisine. La plaine disparaissait dans une danse de brume de chaleur qui lui fit brusquement détourner la tête.

Il devrait probablement répondre quelque chose à Tydon ; il dit alors :

– Tu vis ici depuis cinq ans ?

La réaction de Tydon sembla indiquer qu'il avait anticipé cette question.

– Si ça peut satisfaire ta curiosité, dit-il, bien que Grant n'ait pas eu conscience d'avoir exprimé une quelconque curiosité à son égard, sache que je suis médecin et alcoolique.

Grant s'en fichait bien, et ne voyait pas ce que ça avait à voir avec l'espace de temps depuis lequel il vivait dans cette hutte, mais Tydon poursuivit :

– Je suis venu à Bundanyabba il y a sept ans parce que c'était sans doute le seul coin d'Australie où je pouvais pratiquer la médecine sans que mon alcoolisme m'empêche d'avoir des patients.

« En un mois pile, j'ai découvert que je pouvais vivre et boire tant que je voulais sans lever le petit doigt, à condition que je reste un *personnage*, comme on dit dans le coin.

Grant émit un « hum » en espérant que le monologue était terminé. Il ne l'était pas.

– Je suis toujours un *personnage*. Je vis dans cette hutte. Je me fais nourrir à l'œil par mes nombreux amis, qui s'occupent également de mes besoins en bière, car, avec un peu de volonté, la bière est le seul alcool que je m'autorise.

Tout n'était probablement qu'un mensonge, même l'histoire d'être médecin, pensa Grant, mais qu'est-ce que ça pouvait bien foutre ? De toute façon, pouvait-il se permettre de juger les menteurs ? Peu importe, Tydon ne lui revenait pas.

Tydon s'était remis à boire de la bière plate et Grant le soupçonna d'avoir récupéré les bouteilles entamées de la nuit dernière.

– Et tu te débrouilles sans avoir le moindre sou ? demanda Grant.

Tydon attendait visiblement une réaction à ses révélations.

– Pas tout à fait. Je touche quelques livres d'une pension de guerre, mais c'est tout à fait possible de vivre à Yabba sans argent, à condition de se conformer.

Cet individu exécrable suggérait-il que lui, John Grant, devait « se conformer », qu'il devait adopter la même vie exécrable que Tydon ?

Finalement, c'était peut-être bien la solution pour les six prochaines semaines.

Mais pas ici, pas dans ce four. Et puis merde ! Depuis l'épisode de la nuit dernière, il fallait de toute façon qu'il quitte Bundanyabba.

Tydon ouvrit le réfrigérateur pour sortir un peu plus de bière et Grant remarqua plusieurs bouteilles entamées sur le rayon du bas.

Son mal de tête perçant s'était stabilisé en un mal sourd et dévorant qu'il ne pensait pas pouvoir supporter très longtemps.

– Tu n'aurais pas une aspirine, par hasard ? demanda-t-il.

– Non, mais j'ai beaucoup mieux.

Il tira une boîte de sa poche, l'ouvrit et prit un gros cachet blanc parmi beaucoup d'autres.

– Ça calmera ton mal de tête et ça te donnera du tonus.

Grant prit le cachet de Tydon à contrecœur. Il partageait complètement l'aversion du reste de l'Australie pour les docteurs alcooliques.

– Fais-le descendre avec de la bière, c'est le mieux, dit Tydon en remplissant le verre de Grant.

– Je… je suis allergique à beaucoup de médicaments… peut-être que je…

– Y a rien là-dedans qui puisse te faire du mal, dit Tydon d'un ton expert, avale-le.

Grant était prêt à faire à peu près tout pour se sortir d'embarras, et il avala le cachet dans une gorgée de bière.

Il n'eut aucun effet nocif immédiat.

Tydon sortit une blague à tabac, se roula une cigarette et fit passer la blague à Grant. Ce dernier avait l'impression d'avoir une couche de ciment mou dans la bouche, mais il désirait une cigarette de tout son être, et, les doigts maladroits et légèrement tremblants, il s'en roula une.

S'il arrivait à survivre à cette journée et à boire quelques canons seulement pour apaiser son corps malade, demain, il allait sérieusement réfléchir à la recherche d'un emploi ou à un moyen de se rendre à Sydney.

Et en attendant, pourquoi ne pas rester ici ? Mais pour ses vêtements…

– J'ai laissé mes valises dans un pub, quelque part, je ferais mieux d'essayer de les retrouver, dit-il.

– T'en fais pas, dit Tydon, elles y seront toujours demain et t'as un rendez-vous dans une demi-heure.

– Ah bon ?

– T'as oublié ça, aussi ? Tu dois aller à la chasse au *'roo*[1] avec Dick et Joe.

– Dick et Joe ?

– Les deux mineurs qui étaient chez Hynes, hier soir, ajouta Tydon sur le ton de la conversation. T'as eu de la chance que Joe ne te réduise pas en bouillie.

– Qu'est-ce que j'ai fait ?

– Janette.

– Oh… je vois. En fait, tu sais, il s'est rien passé du tout entre elle et moi.

Il ne savait pas pourquoi il ressentait le besoin de parler de ça à Tydon.

– Non ?

Grant n'eut pas envie de donner davantage de précisions. Après tout, si rien ne s'était passé, ce n'était ni sa faute ni celle de Janette.

– Janette, dit Tydon, décidé à continuer de parler d'elle, est un spécimen biologique très intéressant.

---

1. « *'roos* » : abréviation courante de « kangourous ».

– Ah ouais ?

– Si c'était un homme, elle aurait été arrêtée pour viol il y a deux ans.

– Allons bon. Et qu'est-ce que c'est que cette histoire de chasse au kangourou ?

– T'as prévu d'aller chasser, voilà tout.

– Avec un type qui voulait me réduire en bouillie hier soir ?

– Oui. Mais tu n'as rien à craindre tant que Janette n'est pas dans le coin. Moi, si jamais je décidais de me marier, j'épouserais une fille comme Janette. Elle aime le sexe, elle aime expérimenter et elle aime la variété.

Grant écoutait, envahi de désespoir ; il n'était pas en état d'entendre les spéculations lascives de cet homme exécrable.

– Puis c'est une fille intelligente. Elle a un beau corps et un visage assez joli.

Grant songea au visage de Janette tel qu'il l'avait vu, se découpant nettement au clair de lune, puis, plus tard, flou et proche du sien. Oh, Robyn, Robyn aux jupes blanches et fraîches.

– En plus, comme la plupart de ceux qui l'ont rencontrée, je sais comment elle est au lit ; elle est bonne, sacrément bonne.

Tydon parlait faux aux oreilles de Grant. Il le voyait comme une ordure de petit psychopathe qui n'était pas plus docteur qu'il n'était allé au lit avec Janette, même si le lit en question était un euphémisme pour ce petit bout de terre niché dans les broussailles, entre la ville et la mine.

– J'ai failli l'épouser dans le temps.

Tydon parlait toujours violemment, comme s'il était en train de réprimer quelqu'un en l'humiliant dans le cadre d'une amère dispute.

– Mais je ne pourrais jamais vivre bien longtemps avec une femme. Je vais quand même bientôt la faire revenir passer un petit moment ici…

Super, se dit Grant, merveilleux, mais que fitil ? Se leva-t-il et prit-il la porte pour disparaître majestueusement sous le soleil ? S'élança-t-il d'un pas décidé dans la poussière brûlante, jusqu'à la ville ? Puis arpenta-t-il les rues de la ville jusqu'à ce qu'il s'effondre d'épuisement ?

Non. Il resta assis et laissa Tydon lui parler de sa vie sexuelle, ou plutôt de sa vie sexuelle imaginaire, ou plutôt de sa vie imaginaire – c'était sans doute sexy… il avait perdu le fil de sa pensée.

Tydon continuait de parler.

– Je ne vois pas ce qu'il y a de mal à ce qu'une femme prenne un homme quand elle en a envie ?

– Je… j'en sais trop rien.

– T'en sais rien, parce qu'il y a rien de mal à ça, rien du tout. C'est un comportement vachement sensé et civilisé.

« Et pourtant y en aura toujours pour la traiter de salope : des femmes qui aimeraient bien faire comme elle et des hommes qu'elle a pas voulu culbuter.

– Et toi, tu vas aller à la chasse ?

– Oui. Le sexe, c'est comme la nourriture, le sommeil ou l'élimination, c'est un truc qu'on fait par besoin ou par envie. Bois un autre coup. Et pourtant, ça reste enveloppé de mystère et ça cause tout un tintouin depuis des siècles, Dieu sait pourquoi.

– Merci.

Celui-là, c'était le dernier verre de la journée.

Tydon se tenait voûté sur sa caisse, agité par de petits mouvements spasmodiques des hanches tandis qu'il parlait ; on l'aurait dit en proie à des douleurs convulsives.

Grant s'aperçut que son mal de tête avait cédé la place à une sensation pire encore, une sorte de vibration bourdonnante qui semblait partir du haut de la colonne vertébrale, atteindre le sommet du crâne, puis lui redescendre dans le corps.

Voilà donc, se dit-il, le type de remontant que lui avait promis Tydon.

Il regrettait d'avoir avalé ce cachet.

Tydon, tout en tressautant continuellement, ne tarissait pas sur le sujet de Janette, son visage s'affaissant davantage chaque fois qu'il mentionnait son nom, parlait d'hygiène sexuelle, de maladie sociale, de contraception et de fausse couche, d'avortement et d'homosexualité – on racontait bien des bêtises à propos de l'homosexualité, il n'y avait rien de mal à cette pratique, même s'il n'en était pas personnellement adepte –, d'organes génitaux et de l'effet de leur taille sur la cohabitation, et de Janette et de Janette et de Janette.

Grant eut le sentiment d'être libéré d'une captivité moite et répugnante en entendant une voiture arriver à l'extérieur. On klaxonna, un chien aboya et une voix gueula : « Allez ! Doc ! »

Tydon alla jusqu'à la porte.

Grant tressaillit, agressé par le bloc de lumière qui tomba dans la pièce.

– Entrez, j'en ai pour une minute.

Des bruits d'agitation provinrent de l'extérieur : les hommes descendaient de voiture et résistaient aux efforts d'un chien qui voulait les suivre. Puis ils entrèrent dans la hutte, costauds, bruyants, tapageurs, n'exhibant aucune séquelle de la débauche de la veille. Mais il fallait bien dire qu'ils ne s'étaient sans doute pas autant débauchés que Grant.

– Salut, John, dirent-ils.

« Alors, un peu mal aux cheveux, hein ? » et « Bois un coup, faut soigner le mal par le mal, mon gars » et « Allez, allez, Doc, bouge-toi un peu le cul ».

Tydon avait ouvert un placard de fabrication artisanale et sorti un fusil qui semblait très performant.

– On a un fusil pour toi, John, dirent les mineurs. Ça fait cinq ans qu'il a pas servi, alors fais gaffe qu'il te saute pas à la tête.

112

– Ha, ha.

– Allez, Doc, allons-y.

Ils sortirent donc de la hutte et montèrent dans une grosse voiture américaine. La plupart des habitants de Bundanyabba semblaient affectionner les différents modèles de grosses américaines.

En ouvrant la portière arrière, Grant se trouva nez à nez avec un immense lévrier. Il occupait pratiquement tout l'arrière de la voiture et ses jambes débordaient à l'avant et par l'une des vitres. Sa grosse langue pleine de salive était partout, bavait partout.

La bête jaune et fauve plaisait à Grant : elle était le premier être vivant rencontré à Bundanyabba qui lui semblait raisonnablement peu compliqué et qui ne risquait pas de lui parler.

Il bouscula l'enchevêtrement canin souple et osseux et se retrouva sur la banquette arrière. Joe, ou Dick, il ne savait lequel, le poussa pour s'asseoir à ses côtés. Tydon s'assit à l'avant et l'autre mineur prit le volant.

Ils étaient en route, quatre hommes et un chien, cuisant tous ensemble.

Quand tu voyages par la route dans l'Ouest, tu voyages avec une cohorte de poussière qui remonte des roues, s'enroule, s'échappe et se désagrège en forme d'entonnoir, ce qui indique les courants d'air déplacés par ton véhicule. D'une manière ou d'une autre, beaucoup de poussière parvient à passer par les vitres et à se poser dans tes cheveux, tes vêtements, et surtout dans tes yeux et ta gorge.

Quant à la chaleur, elle est impensable, peu importe que les vitres soient ou non baissées, la transpiration ruisselle le long de ton corps et coule dans tes chaussettes et, s'il y a plusieurs personnes dans la voiture, leur puanteur corporelle forme un mélange désagréable.

C'était ainsi pour Grant, Tydon, Joe, Dick et le chien jaune et fauve, sauf que le chien ne suait pas : sa gueule était horriblement béante, il haletait en sifflant, sa langue pendouillait et puait ; quelle odeur, Seigneur, quelle odeur !

Le mineur allait vite sur cette route rudimentaire. Il bondissait haut sur les ornières et dérapait violemment dans les congères de poussière fine.

Les routes de l'Ouest sont parsemées de rehaussements, dans un espoir de canalisation du peu d'eau de pluie dans une direction utile. En terrain plat, il est impossible de les détecter avant d'être pratiquement dessus. Et si tu conduis à cent à l'heure, tu n'as pas le temps de ralentir : tes roues avant s'envolent brièvement, la voiture retombe brutalement soixante centimètres plus bas, puis s'envole de nouveau de l'autre côté avant de s'écraser sur la route.

Les suspensions souffraient l'enfer et Grant avait l'impression de frôler la mort à chaque tra-

versée, le corps du gros chien s'écrasant mollement contre le plafond avant de retomber, en
majeure partie sur Grant.

Reconnaître vaguement que la situation se rap-
prochait de la farce ne lui apportait aucune conso-
lation ; il se ratatina entre le chien et le mineur.

Il se sentit dans la position impossible d'un
homme devant résoudre un problème accablant,
mais dénué de l'énergie neuronale lui permettant de s'y atteler. À un moment ou un autre, il
devrait songer aux moyens d'arriver à Sydney, ou
de faire quelque chose, mais pas maintenant, pas
juste maintenant.

— On ferait mieux de boire un coup à Yindee,
dit le mineur qui conduisait.

— Il fera nuit, si on s'arrête, Dick, dit le mineur
assis à côté de Grant, ce qui lui permit de déduire
qu'il s'agissait de Joe.

— Et alors ?

— Alors on veut essayer un coup avec le
chien.

— On verra bien quelque chose avant d'arriver
à Yindee.

— D'accord.

Grant se sentit obligé de participer à la conversation.

— Où est Yindee ?

— À une centaine de kilomètres de Yabba, lui
dit Joe.

Grant se demanda si c'était Joe ou Dick qui
avait été irrité par son interlude avec Janette, la

nuit dernière. Tydon avait bien dit lequel, non ?
En tout cas, ni l'un ni l'autre ne semblait lui en
vouloir aujourd'hui.

– Comment tu te sens après la nuit dernière ?
lui demanda Joe, prenant Grant par surprise.

– Crevé.

– T'y es allé un peu fort, hein ?

– Bien trop fort.

– T'inquiète pas, quelques verres te remet-
tront sur pied.

Grant envisageait avec une certaine inquiétude
les quelques verres de Yindee. Une seule tournée
réduirait son capital de moitié ; une deuxième le
transformerait en indigent.

Il n'aurait pas dû se joindre à cette sortie, mais
il aurait difficilement pu rester dans la hutte.
Tydon semblait s'attendre à ce qu'il reste chez
lui indéfiniment, mais il s'était gardé de le lui dire
clairement.

Doux seigneur, l'air était nauséabond à l'intérieur de ce véhicule.

La voiture s'arrêta pile, abruptement, et
l'entonnoir de poussière qui l'avait suivie la rat-
trapa et l'enveloppa.

– Là-bas, dit Dick en pointant du doigt.

Sur la gauche, le terrain était en pente douce,
formant une vallée très légèrement creusée,
d'environ un kilomètre et demi de largeur, le
type d'endroit qui, en terre plus douce, aurait été
traversé d'un ruisseau. Un kilomètre plus loin,

une bande broussailleuse peu élevée formait, en parallèle à la route, un andain sur cette terre par ailleurs nue.

De l'autre côté des broussailles, Grant aperçut un groupe d'une vingtaine de kangourous.

Le chien aussi les avait repérés, ou sentis. Il couvrait la vitre de bave, enfonçait son arrière-train dans la figure de Grant et le fouettait de coups de queue.

Joe tendit la main et ouvrit la portière.

Le chien sauta de la voiture et fila vers les kangourous ; il se déplaçait en bonds d'une longueur incroyable, il flottait, touchait le sol, rebondissait, flottait… Ses membres, gauches jusqu'alors, s'assemblaient à présent en un magnifique moteur.

Les kangourous lui lancèrent un coup d'œil impassible, jusqu'à ce qu'il soit à quelque deux cents mètres d'eux. Ils se retournèrent alors et s'enfuirent en bondissant, le corps bien raide, se propulsant à grands coups de leurs pattes arrière géantes les faisant ressembler à des jouets mécaniques, à la différence près que, au plus haut de leur bond, leurs queues flottaient derrière eux et leurs corps se penchaient en avant de manière à s'élancer dans l'espace comme des représentations abstraites de vol.

Grant oublia jusqu'à sa gueule de bois en regardant le chasseur s'élancer contre les kangourous qui sillonnaient la plaine comme des ombres d'avions.

Le groupe forma comme une vague en franchissant l'une des clôtures occasionnelles qui apparaissent inexplicablement dans les plaines, mais deux d'entre eux hésitèrent, refusèrent l'obstacle et se dirigèrent vers la route.

Le moteur de la voiture vrombit immédiatement, une vitesse s'enclencha brutalement et Dick quitta la route à l'oblique, se dirigeant entre les deux kangourous.

Il n'y a guère de différence entre la route et la plaine, si ce n'est quelques gros blocs de pierre. Dick fit des miracles au volant. Il réussit à maintenir une vitesse de quatre-vingts kilomètres à l'heure, braqua violemment en arrivant près de la clôture et fonça droit sur les kangourous.

Le chien avait anticipé la manœuvre et s'éloigna de la clôture en diagonale.

Les kangourous, voyant la voiture, s'éloignèrent aussi de la clôture et se dirigèrent vers un coin broussailleux. Les kangourous et le chien formaient à présent deux lignes, qui n'allaient pas tarder à se rencontrer.

Tydon avait sorti son fusil et tirait par la fenêtre. Joe essayait de viser par-dessus l'épaule de Grant, alors même que la voiture continuait de cahoter sur la terre à quatre-vingts kilomètres à l'heure.

Les hommes gueulaient, le moteur hurlait, l'odeur pénétrante de la poudre couvrait toutes les autres odeurs de la voiture.

Le chien parvint à faire tomber l'un des kangourous en un tas tout embrouillé à une cinquantaine de mètres de la clôture. L'autre kangourou marqua une pause en voyant la chute de son compagnon, et Grant le vit regarder le carnage, immobile et sans expression. Puis il repartit à toute allure vers la clôture.

Mais la voiture était maintenant sur sa route.

Dick, qui poussait à présent des hurlements démentiels, lui fonça droit dessus, le pied sur l'accélérateur, conduisant comme nul autre homme sensé, butant dans des pierres, écrasant des broussailles, démolissant le pare-chocs sur des restes d'arbres... tandis que le kangourou continuait à s'approcher, sans être touché par la pluie de balles que Tydon envoyait continuellement par la vitre.

Grant s'accrocha au siège, fasciné, observant à travers le pare-brise l'approche irrégulière du kangourou. En haut puis en bas, en haut, plus haut, puis en bas, une silhouette grise et sauvage qui se précipitait droit sur eux en une offensive dénuée de toute passion.

À une dizaine de mètres, il évita la voiture, mais Dick, maintenant furieux, fit demi-tour pour écraser l'animal.

Il disparut soudain sous le capot.

Un coup sourd. La voiture se souleva, dérapa, faillit verser sur le côté à vive allure, rétablit son équilibre et s'arrêta.

Grant regarda par la vitre arrière tandis que les autres sortaient. Un fagot gris se débattait lourdement dans la poussière, derrière la voiture.

Suivant les autres jusqu'à cet amas de chair brisée, Grant vit Dick sortir un couteau à longue lame d'un étui qu'il portait sur le côté, s'agenouiller et trancher la gorge de l'animal. Il mourut alors.

– Ça vaut pas le coup de le découper, dit Dick.

Le kangourou, complètement étripé, avait traîné ses entrailles sur une dizaine de mètres. Son corps était tellement fracassé que des os, blancs et luisants, lui sortaient de la peau tous les quelques centimètres.

Joe et Dick allèrent inspecter les dégâts causés à la voiture, mais Tydon, resté en arrière, sortit son propre couteau et châtra adroitement la carcasse.

Grant observa l'incident sans réagir. Joe dit :

– Doc les mange. Il dit que c'est c'qui y a de meilleur dans le 'roo.

Grant se sentit défaillir en pensant au hachis que lui avait servi Tydon dans l'après-midi.

Pendant ce temps-là, Tydon avait glissé le scrotum dans sa poche et ils se dirigèrent tous ensemble vers la voiture.

La grille du radiateur était légèrement cabossée et le pare-chocs sérieusement tordu. Dessous, on apercevait des touffes de poils gris sur la boîte de vitesses.

Ils remontèrent tous en voiture et Dick roula jusqu'au chien, qui s'occupait de l'autre carcasse.

– Celui-là aussi est foutu, dit Joe.

Le kangourou devait avoir eu une maladie quelconque. Il avait le train arrière et le ventre couverts de croûtes noires.

Joe tira le chien et le jeta dans la voiture. Maintenant, il sentait le sang et le kangourou mort.

Il se pelotonna tout contre Grant.

Les vibrations cérébrales que Grant avait ressenties dans la hutte s'étaient transformées en un tambourinage féroce envahissant tout son corps. Il se sentait anormalement alerte, comme s'il éprouvait continuellement la réaction physique qui suit la prise de conscience d'un danger.

– Qu'est-ce qu'il y avait dans ce cachet que tu m'as donné ? demanda-t-il à Tydon en partant.

– De la benzédrine et d'autres trucs, dit Tydon. T'en veux un autre ?

– Non, merci.

Une chose était sûre maintenant, se dit Grant : l'épisode de chasse clos, il était hors de question de retourner dans la hutte de Tydon.

La chaleur n'y serait pas pire qu'ailleurs ; ses obsessions sexuelles étaient supportables ; il avait une haleine fétide mais tolérable ; sa conversation lamentable était endurable à court terme ; mais un régime de testicules de kangourou dépassait les bornes. Il préférait partir à Sydney à pied, plutôt que de rester chez Tydon.

Joe fouilla sous le siège et en tira un fusil.

– C'est le tien, dit-il à Grant.

– Oh, merci.

L'arme semblait raisonnable : une vingt-deux long rifle à un coup, la crosse pleine d'entailles, mais le canon paraissant en état.

Joe lui tendit une grosse poignée de cartouches.

– Y en a tout un tas ici, s'il t'en faut plus. Tu sais t'en servir ?

– Oui, merci.

Grant chargea son fusil.

– Tu chasses un peu ?

– Oh, quand j'étais sur la côte, je tirais sur quelques lapins de temps en temps.

La voiture se mit à cahoter, le chien sauta jusqu'au plafond et retomba, se cognant la mâchoire sur le canon du fusil.

– Les routes sont toutes comme ça, dans le coin ?

– Celle-ci est pas mauvaise. Tu devrais voir celle de Mundameer.

– Où va-t-on tout de suite ?

– Un coin qu'on connaît, pas loin de Yindee. On y trouvera plein de *'roos*.

– On va chasser de nuit ?

– Au spot. On en a un super.

Le soleil se couchait, disparaissant derrière un horizon sans nuages, rougissant à travers la brume poussiéreuse au ras du sol. À l'est, la plaine fondait dans un mélange de mauve et de noir.

La ville de Yindee surgit soudain du terrain brunissant. Elle consistait en un hôtel, allongé, écrasé et isolé.

Ils se garèrent juste devant la porte, perchée sur l'inéluctable véranda en bois. Dick commanda quatre bières.

– Y a un renard, dit Joe.

Dans la lumière déclinante, à une cinquantaine de mètres en retrait de la route, ils le voyaient, trottant dans la poussière comme s'il se rendait à un endroit précis.

Avec une décontraction étudiée, Tydon, Joe et Dick retournèrent à la voiture. Grant les suivit.

Ils sortirent leurs fusils. Grant sortit le sien. Trois coups de fusils se firent entendre. Grant n'avait pas fini de charger le sien.

Le renard fit un brusque demi-tour et s'éloigna en bondissant vers la route. Des éclats de poussière l'accompagnaient, là où les balles tombaient. Il changea plusieurs fois de direction à angle droit, se mit à traverser la route en courant, puis il baissa le cou, glissa un peu, donna un coup de pied et s'immobilisa.

Le lévrier était dans tous ses états maintenant, mais ils ne le laissèrent pas sortir de la voiture.

C'était un très bon tir, ou très chanceux, qui avait permis d'abattre le renard dans cette lumière. Grant avait tiré une seule fois et aimait

à penser que c'était lui qui avait fait mouche ; il
avait envie d'aller chercher le renard, mais les
autres ne voulurent pas en entendre parler.

– Brute galeuse, dit Joe. Sa peau vaut rien.
Elles valent jamais rien par ici.

Le renard resta donc au milieu de la route et
ils rentrèrent tous dans le bar, où le patron, indifférent à la fusillade devant sa porte, leur avait
déjà servi les bières.

Grant, qui avait longuement pensé à payer sa
bière, obéissant à un instinct sournois et refoulé,
sortit son billet de dix shillings et le jeta sur le
comptoir.

Joe le ramassa et le lui rendit.

– On laisse jamais un gars fauché payer la
bière à Yabba, mon pote, dit-il.

Comme c'était plus ou moins ce qu'escomptait
ou espérait Grant, il remit le billet dans sa poche
après quelques protestations d'usage.

Mais il évita le regard de Tydon, qui avait déjà
commencé à boire sa bière.

Je ne dois pas trop boire, se dit Grant, juste
assez. Si je trouve un endroit où passer la nuit,
je serai en forme pour trouver du travail, ou
quelque chose, dès demain.

Bon, mais exactement combien était « juste
assez » ? La première bière était délicieuse de fraîcheur. Une gorge poussiéreuse ne désirait que la
sentir couler.

La deuxième ralentit un peu le tambourinage
que la benzédrine propageait dans son corps.

À la troisième, il se sentit l'esprit plus clair et eut besoin d'une cigarette.

— Quelqu'un a-t-il une cigarette ?

— Désolé, je fume pas, dit Joe.

— Moi non plus, dit Dick.

Tydon sortit sa blague et la tendit à Grant.

Grant regretta d'avoir abordé ce sujet. Il préférait arrêter de fumer plutôt que d'avoir à demander une autre cigarette, ou quoi que ce soit d'autre, à Tydon. Il se rendit compte qu'il éprouvait pour Tydon une haine forte, sans appel.

N'empêche, le tabac était bon.

Joe dit au patron :

— Donne-nous un paquet de Craven A, mon pote.

Le patron lui tendit le paquet et Joe fit claquer le paquet sur le comptoir, juste devant Grant.

— Tiens, mon pote. J'ai fumé dans le temps, je sais ce que c'est de pas en avoir.

— Écoute, franchement, merci beaucoup, mais… je veux dire…

Grant eut un rire ridicule.

— Prends-les, John. Allez, mon pote, j'en suis pas à quelques sous près.

— Mais je…

Mais que pouvait-il faire ?

— Bon, ben, merci beaucoup.

— De rien.

Tydon ne proposa jamais de payer une tournée, et les mineurs ne semblaient même pas s'attendre à ce qu'il le fasse. Ils commandaient et réglaient une tournée chacun.

À la quatrième bière, les soucis d'un homme semblent bien moins insurmontables qu'ils ne le paraissaient avant la première. Mais cet homme pouvait continuer à regretter de ne pas avoir d'argent, et cet homme pouvait être malade à l'idée qu'on lui donne un paquet de cigarettes.

Grant tenta encore une fois de payer une tournée, la cinquième, mais Joe, avec l'aide de Dick cette fois-ci, repoussa son argent.

— Bon, je sais ce qu'on va faire : dès que j'aurai quelques sous, on sortira et c'est moi qui régalerai.

La banalité du commentaire lui fut apparente alors même qu'il le prononçait.

— C'est bon, John, te prends pas la tête.

À la cinquième bière, un homme se laisse aller à apprécier ses compagnons, sauf Tydon. Tydon était un rat de première. Pourquoi deux hommes comme ces mineurs s'encombraient-ils de lui ? Malgré tous leurs défauts, ils n'en étaient pas moins des hommes, alors que Tydon était une créature tordue et répugnante.

— T'as toujours été mineur, Joe ?

— Non, John, seulement depuis la guerre. Avec Dick, on s'est trouvés par ici ensemble et comme ça nous a plu, on est restés.

— Qu'est-ce que vous faisiez, avant la guerre ?

— De la boxe.

– De la boxe ?

– Ouais, de la boxe.

– En professionnels ?

– Ben oui, tu vois pas qu'on a le nez cassé ?

– Non, je n'avais pas remarqué.

– Ben pourtant ils sont bien cassés, tous les deux.

Joe et Dick se ressemblaient tant que Grant n'arrêtait pas de les confondre. Ils le reprenaient gentiment et avec bonne humeur.

– Bon, moi, c'est Dick.

– Non, lui, c'est Joe.

– Vous savez, j'en ai fait un peu, de boxe.

– Sans blague, John. En pro ?

– Oh non, en amateur.

– Quel poids ?

– Welter, mais y a de ça quelques années, je dois dire.

– On était dans les mi-lourds. Mais en pro, tu te fais toujours avoir. C'est un jeu de cons.

À la septième ou huitième bière, un homme a une parfaite maîtrise de lui-même et de sa destinée, quelle qu'ait été la gravité de sa gueule de bois au réveil.

Pour couronner le tout, Joe, Dick et Tydon burent un double whisky rapidement suivi d'une autre bière. Grant refusa net, mais il but une dernière bière, pour leur tenir compagnie.

Puis Joe – ou était-ce Dick ? – acheta une vingtaine de bières à emporter et deux bouteilles de whisky.

– On aura peut-être besoin de boire un coup avant d'avoir fini.

C'est ainsi qu'ils partirent chasser dans la nuit.

Il faisait très noir à présent, et la lune n'était pas encore dans le ciel.

À une quinzaine de kilomètres à l'est de Yindee, ils quittèrent la route et suivirent une piste à peu près bien tracée. Ils étaient parmi les grandes étendues de broussailles et d'arbres ratatinés qui apparaissent çà et là dans les plaines et semblent défier les lois de la nature.

Joe leva le bras et ouvrit un panneau du toit de la voiture. Puis, de derrière le siège, il sortit une lampe, alimentée par la batterie à l'aide de câbles électriques. Il la fixa dans un socle, installé sur le toit à cet effet. Il actionna un interrupteur et un large faisceau de lumière brillante éclaira loin dans la nuit noire.

Pendant ce temps-là, Dick roulait à une allure régulière, à une soixantaine de kilomètres à l'heure. Il semblait bien connaître la route.

Dans le faisceau, Grant apercevait des paires de points colorés, points jaunes, points bleus, points orange ; ils étincelaient soudain, restaient fixés, puis s'éteignaient. C'étaient les yeux des animaux du bush : opossums, moutons, renards, dingos, bétail, kangourous, lapins, rats, émeus, chats sauvages, bandicoots… Ils tournaient tous les yeux vers le faisceau géant dirigé sur eux, attrapaient un peu de lumière blanche et la renvoyaient, en couleurs. Puis ils détournaient la tête et s'enfuyaient, et les couleurs disparaissaient en un éclair.

Grant était submergé par une succession rapide d'effets d'optique – ombres noires, points colorés, le grand faisceau blanc, la cigarette de l'homme assis à l'avant, d'étranges scintillements de feuilles luisantes, la lourde obscurité des broussailles... tout cela tenu et maintenu dans la courbe du ciel au-dessus de leur tête, un ciel noir, mais noir, noir violet, que seules les étoiles parvenaient à transpercer.

Les étoiles, les étoiles de l'Ouest, si nombreuses, si brillantes, si proches, si propres, si claires, qui tranchaient le ciel de leur froideur impitoyable ; des étoiles pures, dépourvues de passion ; des étoiles aux commandes de la nuit et d'elles-mêmes ; sans exigence et sans pitié ; elles se surpassaient dans leur rôle et représentaient l'élément indispensable permettant à Dieu de prouver que la création de l'Ouest n'avait pas été qu'une simple et grossière erreur.

La voiture s'arrêta, Dick décapsula une bouteille de bière avec les dents.

Grant ne l'avait jamais vu faire avant et Dick lui expliqua la technique qui consistait à appuyer avec la mâchoire supérieure et à faire levier avec la mâchoire inférieure.

– Vaut mieux éviter quand on a un dentier, dit-il.

Les dents de Grant étaient les siennes, en excellent état, mais il n'avait aucune intention de s'en servir pour décapsuler des bouteilles.

Tydon but un coup, Dick but un coup, Joe but un coup et Grant but un coup. La bouteille ainsi vidée, ils continuèrent leur route.

Grant se sentait détendu et sûr de lui à présent; il ouvrit la culasse de son fusil pour le charger. Il l'était déjà. C'était étrange. Il devait avoir rechargé après avoir tiré sur le renard. Il ne s'en souvenait pas. Ç'aurait pu être dangereux. Il referma la culasse et se pencha en avant dans les violents cahots de la voiture pour voir ce que révélait le faisceau.

— Lève-toi et passe la tête par le toit, dit Joe.

Grant passa prudemment la tête à travers la trappe et hissa le fusil. La nuit fuyant à ses côtés, il posa ses coudes sur le toit et braqua le fusil sur l'endroit éclairé par le spot. Les secousses et les chocs incessants de la voiture ne lui permettaient pas de stabiliser le canon, encore moins de viser quoi que ce soit.

Un lièvre apparut soudain devant la voiture et courut dans la lumière.

Grant arma le fusil et, après avoir essayé plusieurs fois de maintenir le canon au niveau de l'animal, il tenta un tir vacillant. Rien n'indiqua que la balle ait frôlé le lièvre, de près ou de loin. Il changea de direction et disparut dans la nuit.

Grant entendit la voix de Joe s'élever de la voiture, dans le noir en dessous de lui :

– Le seul truc assez gros pour que t'aies une chance de le toucher en roulant, c'est un *'roo*, fiston.

– Oui, tu dois avoir raison.

C'était très agréable et rafraîchissant là-haut, la tête sortie du véhicule comme un chef de char. Ses compagnons lui semblèrent lointains et il ne s'était jamais senti aussi seul depuis qu'il était arrivé à Bundanyabba.

Quelque chose lui rentrait dans la hanche. Il baissa la main pour sentir ce que c'était. Rond, froid et lisse, avec une excroissance pointue sur le côté. C'était le bout d'un canon de fusil. Grant le poussa, mais il se replaça contre sa hanche.

Il baissa la tête pour qu'elle soit au niveau du toit de la voiture.

– Joe, dit-il, ton fusil est plus ou moins braqué sur moi.

– Oui.

Joe était poli, mais peu concerné.

– T'es sûr qu'il n'est pas chargé ?

– Si, si, il est chargé.

– Ah bon… ah… Ce n'est pas un peu risqué ?

– Non, y a un cran de sécurité.

– Oh.

Grant se redressa et regarda une nouvelle fois le faisceau de lumière, mais il ne se sentait plus aussi seul maintenant.

Il tenta de s'installer de manière que le fusil ne soit braqué ni vers ses entrailles, ni vers sa poitrine, ni vers sa tête, mais il en fut incapable.

Il resta debout jusqu'à ce qu'il soit sûr que personne ne puisse rapprocher l'acte de s'asseoir du fait que le fusil l'inquiétait, puis il se réinstalla dans la voiture.

Le lévrier occupait la place qu'il avait libérée, et il dut le pousser.

— Faut pas t'en faire pour mon fusil, dit Joe, ça craint rien.

— Non, non, j'étais pas inquiet. Je préfère m'asseoir un peu, c'est tout.

Le chien protesta aimablement contre sa perte de territoire et lui lécha les mains.

Grant aurait bien aimé qu'ils ouvrent une autre bouteille de bière.

La voiture vira brusquement sur la gauche et s'arrêta. Le chien passa sa tête par la fenêtre et se mit à grogner et à gratter avec les pattes arrière. Joe se leva, passa la tête à travers la trappe. Tydon et Dick se penchèrent par la vitre et se préparèrent à tirer.

Grant, qui n'avait encore rien vu, se faufila dans la trappe à côté de Joe, en prenant sa carabine.

Ils étaient à la lisière d'une petite clairière. De l'autre côté, à une centaine de mètres, cinq kangourous étaient dressés, immobiles ; ils les regardaient et attendaient.

— C'est parti ! dit Joe en tirant.

Tout le monde tira.

Les kangourous se mirent à bondir en avant et en arrière, inquiets, gardant la tête tournée vers la voiture, les yeux orange dans le spot.

Les coups de feu étaient irréguliers, en saccades rapides pour l'arme automatique de Tydon; à un rythme plus lent pour le fusil à répétition de Joe, entrecoupé de petits entrechoquements métalliques quand il se servait de l'éjecteur; et en craquements discontinus pour les carabines à un coup de Grant et Dick qui tiraient dès qu'ils avaient rechargé.

Tous les fusils étaient de calibre 22 et une seule des petites balles suffisait rarement à faire effondrer un kangourou.

Mais ils étaient si proches qu'il était impossible de les rater, et, tandis que les doigts impatients de Grant s'empressaient de recharger, il entendait l'impact déchirant des balles dans la chair.

Les kangourous commencèrent à tomber mais, même en mourant, ils gardaient la tête tournée vers l'énorme masse de lumière surgie du bush, la dernière chose qu'ils verraient.

Ils étaient bientôt tous à terre, sauf un, qui, parvenant enfin à s'extirper de l'hypnose de la lumière, se mit à bondir maladroitement dans les broussailles.

La nuit sembla merveilleusement silencieuse au moment où les tirs cessèrent, avant que le moteur redémarre, dans l'air calme et encore lourd de fumée de poudre.

Ils traversèrent la clairière, puis descendirent tous de voiture pour examiner le tableau de chasse. On força le chien à rester à l'intérieur.

– On ne pourrait pas le laisser attraper celui qui est blessé ? demanda Grant.

– Non, on le récupérera jamais s'il part dans la nuit, dit Dick.

Trois des kangourous étaient morts. Un avait une jambe cassée et les observait d'un regard impassible.

Joe lui fendit le crâne avec une branche arrachée à un arbre mort.

Grant fut surpris de ne pas être plus troublé par ce carnage en masse. Après tout, il ne s'agissait que de kangourous.

Joe et Dick prirent une carcasse chacun, l'éventrèrent, la vidèrent des intestins et scièrent les arrière-trains, en gardant les longues queues musclées.

Grant n'avait jamais rien vu d'aussi soudain. Les cadavres respectables des kangourous étaient transformés, une minute plus tard, en d'horribles morceaux d'animaux répandant leurs entrailles.

Pendant ce temps, Tydon effectuait son petit boulot particulier avec les carcasses, mais Grant préféra ne pas le regarder.

Les mineurs jetèrent les quartiers dans une grosse boîte qu'ils avaient construite en lieu et place du coffre de la voiture.

Ils repartirent bientôt, la nuit éplorée enveloppant les restes grotesques de carcasses dépassant des tas de viscères, attendant les dingos, les renards, les corbeaux et les fourmis. Demain, il ne resterait que les os.

– Pourquoi seulement l'arrière ? dit Grant.

– Y a que là qu'y a de la viande. Ça et la queue, dit Joe.

– Qu'est-ce que vous en faites ?

– C'est pour nos chiens, tu savais pas ?

Grant se souvint que les mineurs élevaient des lévriers de course.

– Et celui-là, vous lui faites faire des courses ?

– Oh, bon dieu, non ! C'est juste un mange-soupe. Si on amenait les chiens de course ici, on les bousillerait.

– Combien il vous faut de *'roos* ?

– Tant qu'il en entre dans la voiture. Si on en a de trop, on peut en faire profiter les copains.

– Vous gardez rien à manger pour vous, les queues par exemple ?

– On en donne de temps en temps à la vieille, pour en mettre dans la soupe. Mais j'aime pas trop ça : trop faisandé, comme goût.

Grant vit un grand kangourou gris à côté de la piste.

Il braqua son fusil armé tandis que la voiture ralentissait.

Le kangourou n'était qu'à cinq ou six mètres de lui, il se tenait tranquille, juste en dehors du faisceau lumineux, et, pour une raison quelconque, il avait la tête tournée vers l'obscurité.

Il ne semble même pas remarquer la voiture, pensa Grant au moment où elle s'arrêta, puis, avec une hâte maladroite, il tira.

La balle le toucha avec un bruit sourd si marqué que Grant eut l'impression d'avoir enfoncé quelque chose dans l'animal de ses propres mains.

Le kangourou s'écroula brusquement, se confondant avec le coin de broussailles où il se tenait.

Le coin était isolé et il n'y avait pas d'autre cachette à vingt mètres à la ronde. Grant attendit de voir si le kangourou allait tenter de s'enfuir.

Un bruit atroce sortit des broussailles, un cri éraillé, une aspiration, une respiration rauque.

– Bien visé, dit Joe.

Mais Grant était saisi, horrifié par cette respiration. Elle bouillonnait et s'étouffait, et elle était forte, tellement forte.

– Il bougera plus maintenant, dit Joe, je vais le chercher.

Grant ne pouvait toujours pas parler. Il était effrayé par ce qui se trouvait dans ce fourré, et il n'arrivait pas à comprendre pourquoi.

La respiration s'arrêta à l'approche de Joe. Elle ne s'éteignit pas, ne s'estompa pas, ne s'étrangla pas. Elle cessa.

Joe arriva au coin de broussailles et marqua une pause.

Grant l'entendit dire :

– Elle est bien bonne, celle-là…

Puis il traversa le fourré, qui ne faisait pas plus de deux mètres carrés.

Il le traversa deux fois, puis revint à la voiture.

Grant savait ce qu'il allait dire, mais il ne pensait pas pouvoir supporter de l'entendre.

— Y a plus rien, dit Joe, à mi-voix.

— N'importe quoi, dit Dick, il n'a pas pu s'en aller. Va le chercher.

— Je te dis qu'il n'y est plus !

Grant restait planté bien droit ; ses yeux piquaient, ses lèvres tremblaient, sa peau le démangeait étrangement. Il savait que le kangourou n'y était plus. Il ne savait pas comment il le savait, ni pourquoi il n'y était plus ! Mais il savait qu'il n'y était plus. Mon Dieu ! Pourquoi n'y était-il plus ?

Tydon et Dick allèrent jeter un coup d'œil, mais ils ne trouvèrent rien non plus.

Grant ne voulait pas sortir de la voiture.

— C'est drôle, dit enfin Dick.

— Sacrément drôle, dit Joe.

Grant se sentait proche de la crise de nerfs.

— Vous l'avez bien vu tomber, non ?

Sa voix se brisait-elle ?

— Ouais. N'empêche… Les apparences sont trompeuses la nuit, dans le bush, dit lentement Dick.

— Vous avez entendu le bruit qu'il a fait ?

— Ouais. Drôle de bruit.

— Enfin, bon…

— Enfin, bon…

Dick ouvrit alors une bouteille de bière et, comme il ne ressentait plus l'effet de l'alcool ingurgité auparavant, il but une gorgée de whisky.

Grant refusa la bière, mais il prit un coup de whisky, à la bouteille. Il ne buvait jamais de whisky sec quand il était sobre, mais tout de suite, ça ne lui posait aucun problème. C'était plutôt agréable en fait, et tout à fait rassurant.

Ils continuèrent de se faire passer la bouteille après avoir repris la route. Tout le monde semblait en avoir besoin.

Grant se réfugia sur la banquette, buvant du whisky quand on lui en offrait, pensant au kangourou sur lequel il avait tiré.

Ça n'avait plus grande importance maintenant, dans la voiture; mais là-bas, dans le noir, sous les étoiles... Oh, Dieu, il regrettait d'être à nouveau saoul.

Ils rencontrèrent bientôt un autre groupe de kangourous. Il y en avait dix ou douze, et l'un d'entre eux, énorme, regardait fixement la lumière.

Sous les tirs des fusils, les kangourous s'écroulèrent un à un ou s'enfuirent en clopinant dans la nuit; tous sauf le grand, qui ne bougea pas.

– C'est le chef du groupe, dit Joe, tandis que Grant et lui, dépassant côte à côte de la trappe, tiraient sans arrêt sur l'animal.

– Il a eu son compte, je te le dis.

Dick démarra la voiture et se rapprocha d'eux. Le grand restait planté.

— Gaspille plus de balles, cria Dick, je vais lui faire son affaire !

Le kangourou avait deux taches rouges dans la fourrure blanche de son poitrail. Une de ses pattes avant pendouillait, complètement brisée à l'épaule.

Dick avança, le couteau à la main.

Le kangourou se tourna calmement vers lui.

Dick approcha son couteau sans brusquerie vers la tête de l'animal, qui se balança légèrement en arrière, prenant appui sur sa queue, sans faire d'autre mouvement.

Joe ricana.

— Tu vois, dit-il, le *'roo* essaie de l'attirer vers lui, pour pouvoir lui arracher le ventre avec ses pattes de derrière quand il sera assez près.

L'homme et le kangourou s'examinèrent mutuellement dans la lumière éblouissante du spot.

Le mineur souriait, il s'amusait.

Le kangourou était indifférent.

« C'est exactement le type de situation qui titillait les Romains quand ils faisaient combattre des hommes contre des bêtes sauvages dans les arènes », songea Grant.

Le kangourou était plus grand que l'homme, si proche de lui à présent, si bien que l'animal devait baisser les yeux pour le regarder.

Dick fit un bond de côté et le kangourou se déplaça pour continuer à lui faire face. Il se jeta rapidement de l'autre côté, le bout de la queue du kangourou fut tout à coup à sa portée. Il la saisit et la leva bien haut.

Déséquilibré, incapable de contrôler ses mouvements, le kangourou s'affala, la tête en avant, sans défense, sans dignité.

Tenant toujours la queue dans une main, Dick se pencha en avant et enfonça profondément son couteau dans une jambe, juste en dessous de l'aine. Il coupa la seconde jambe puis lâcha la queue.

Les tendons des jarrets coupés, le kangourou resta immobile, le dos à la lumière, sans bouger la tête.

Dick l'attrapa par le museau et lui trancha la gorge. La bête tressaillit et s'effondra. Dick l'éventra, sortit les entrailles, découpa les arrière-trains et les ramena à la voiture, laissant la moitié du kangourou à l'endroit où il s'était dressé face à lui une minute plus tôt.

Ils donnèrent tous à Dick une claque dans le dos, puis ils équarrirent les autres carcasses, burent un peu plus de bière et repartirent, laissant la nuit recouvrir ce qu'ils laissaient derrière eux.

– C'est pas dangereux, ce genre de truc ?

Grant trouva qu'il s'était remis à parler lentement et laborieusement.

140

— Non, John, dit Joe, mais faut savoir ce que tu fais.

— Tu l'as déjà fait, toi ?

— Mais oui, souvent, c'est pas sorcier, tu sais.

— J'aimerais bien essayer.

— Sans blague ?

Il se pencha en avant.

— Hé ! Dick ! Y a John qui aimerait bien essayer de se faire un *'roo* au couteau. On le laisse ?

— Pourquoi pas ?

Tydon se retourna. Grant ne put pas voir son visage. Sa tête n'était qu'une forme noire en contre-jour. Grant s'imagina qu'il grimaçait un sourire.

— Pourquoi pas ? dit Tydon.

— Pourquoi pas ? dit aussi Grant.

Et ils continuèrent à s'enfoncer dans la nuit.

Ils forcèrent le prochain groupe de kangourous à quitter la piste ; la nuit se mit à retentir de coups de feu tandis que d'âpres vapeurs envahissaient la voiture. Les animaux moururent ou s'enfuirent en boitant, mais l'un d'entre eux clopina difficilement sur quelques mètres, puis s'arrêta parmi les arbres. On le voyait clairement de la voiture.

— Il est pour toi, John, dit Joe en lui tendant le couteau.

Grant le prit. Préférant s'extirper par la trappe plutôt que d'avoir à se débattre avec le lévrier, il sauta du toit de la voiture puis se précipita vers le kangourou, qui se tenait mollement dans le faisceau lumineux, comme s'il scrutait l'obscurité, si proche de lui.

Grant entendit les encouragements des hommes dans la voiture. Un coup de fusil retentit. Il ne sut pas où partit la balle. Il avançait difficilement, trébuchait et se prenait les pieds dans les broussailles.

Il risquait de tomber sur le couteau, il le tint donc loin de son corps, comme une baïonnette en pleine charge. Mais il se sentit ridicule et il le braqua vers le sol.

Le kangourou ne bougeait pas.

Il lui fallut presque arriver à lui pour se rendre compte que c'était un tout petit kangourou, il ne mesurait pas plus d'un mètre vingt. Il était salement blessé et restait planté là, le regard perdu dans l'obscurité au-delà de l'éblouissement du spot.

Grant arriva jusqu'à lui et, s'il n'avait pas su que les hommes dans la voiture l'observaient, il serait allé chercher son fusil. Il resta derrière l'animal, en espérant qu'il bouge. Puis il posa la main sur son épaule. Elle était douce et tiède. Sa poitrine palpitait. À une telle proximité, l'animal avait deux têtes. Janette avait eu deux profils l'autre soir.

Grant prit de l'élan et enfonça son couteau dans le kangourou. La lame trancha profondément le dos et le sang se mit à couler, noir sous le feu de la lumière. Le kangourou ne bougeait toujours pas.

Oh, Dieu ! Mais que faisait-il donc ici, lui, John Grant, instituteur et amoureux, à charcuter cette bête grise et tiède sous l'œil méprisant des étoiles ?

Il se pencha et enfonça le couteau dans la fourrure blanche du poitrail. La lame pénétra aisément, profondément, mais le kangourou refusait de mourir.

Sa chair se referma comme un étau autour de la lame et Grant dut forcer pour la retirer.

Il sanglotait en poignardant l'animal dans le poitrail et dans le dos, encore et encore ; la bête restait plantée, muette, sans protester, mais elle refusait de mourir.

Grant prit un peu de recul, se passa la main devant les yeux et entendit les cris d'encouragement venant de la voiture.

Il passa le bras gauche autour de l'épaule du kangourou, lui tira la tête en arrière et lui taillada la gorge. Le sang se mit à jaillir, tiède sur ses mains, et il sentit la tête se séparer de plus en plus du corps, jusqu'à ce que le kangourou, secoué par un tressaillement horrible, s'écroule.

Grant l'attrapa par la queue et entreprit de le traîner jusqu'à la voiture.

Tandis qu'il devançait son fardeau en trébuchant, il ferma les volets de son esprit et se contenta de marcher et de tirer, se réfugiant une nouvelle fois sous la couverture de l'ivresse.

L'ivresse amène tiédeur et douceur, il n'y a aucune souffrance, et ça n'a guère d'importance si des kangourous sont tués, respirent abominablement et disparaissent dans la nuit, ou si des petits spécimens sont découpés en morceaux avant de mourir.

Grant tua de nombreux kangourous cette nuit-là, fit même une fois la tentative désastreuse d'en éviscérer un avant de s'assurer qu'il était mort : il avait titubé lourdement, les entrailles à l'air.

Tout le monde en avait ri, et ils avaient encore ri en voyant Grant couvert de sang, et ils burent tout, whisky et bières, et ils commencèrent à tirer n'importe où.

L'un tira une balle à travers le toit de la voiture et un autre tira à travers le pare-brise, et ce fut une nouvelle rigolade générale.

Leurs cris, leurs rires, leurs bouteilles, leurs balles, le vrombissement du moteur, les roues s'écrasant dans les broussailles furent leur contribution aux bruits nocturnes. La boîte à l'arrière débordait d'arrière-trains. Les moitiés de carcasses éparpillées formaient des motifs irréguliers derrière eux, et, dans les clairières obscures et les lits desséchés des ruisseaux, des kangourous restaient plantés, des balles plein le corps, attendant la mort sans le moindre commentaire.

Doux Seigneur, l'homme était une machine puissante et, après une autre goulée, il se sentait encore mieux. Grant s'appuyait lourdement sur le lévrier. Ça ne dérangeait pas le chien.

Peu après que tout l'alcool eut été bu, Dick fit demi-tour et rejoignit la route en zigzaguant légèrement. Ça ne prit pas longtemps parce qu'ils avaient passé la majorité de leur temps à tourner en rond.

L'hôtel de Yindee avait anticipé leur retour et était toujours ouvert. Les hôtels ferment rarement dans l'Ouest.

Ils entrèrent, burent de la bière, sans que Grant sache ni se préoccupe de qui la payait. Son cerveau recréait tout ce qui lui était arrivé ce soir-là sous forme de spasmes, de petits jets d'action imaginée, l'un après l'autre, en rapide succession ; tirer, tuer, conduire, courir, boire ; des images vives, des images colorées ; on dit qu'il est impossible de penser en couleurs. C'est faux. Il arrive un moment où l'esprit étincelle de couleurs, vert, orange et feu. Non, ça aussi, c'est faux. C'était l'aurore. Des couleurs inimaginables au fond de l'horizon.

La voiture semblait bouger. Tiens, ils étaient dans un autre hôtel.

Il ne voyait plus grand-chose, mais il avait conscience de gens et de choses. Ils étaient effroyablement éloignés, en dehors de lui. Mais il s'était retiré au fin fond de lui-même, si profondément qu'une vaste marge noire le séparait des confins de sa tête.

Cependant il était toujours présent. Le tréfonds de son être se manifestait en une petite lumière étincelante. Sa chair était l'obscurité et l'enveloppe se composait de son visage, du sommet de sa tête et de sa nuque.

Ils avaient bougé, puis il était arrivé et resté.

Rien pendant un certain temps.

Puis, oh, Dieu ! La lumière était aveuglante et c'était impossible. Tydon. Mais la lumière s'éteignit. Puis John s'éteignit. C'était atroce. Ça n'aurait jamais dû arriver.

Rien pendant un certain temps.

Oh, Dieu ! La lumière était aveuglante et c'était impossible, encore impossible. Tout cela n'était que parce qu'il était saoul, car c'était impossible, ça n'était pas arrivé, ça ne pouvait pas arriver à John Grant, instituteur et autre chose. Tydon était abominable, mais John Grant aussi. Oh, Dieu, quelle lumière ! Mais elle s'éteignait. Et elle s'éteignit. Mais ce qui s'était passé avant était atroce. Ça n'aurait pas dû se passer. Ça ne pouvait pas s'être passé. Ça s'était passé deux fois.

Et puis rien pendant longtemps.

*
* *

Quand il se réveilla, il ne savait ni où ni quand. Il savait seulement que, s'il bougeait, il allait à nouveau souffrir.

Il resta un certain temps en sécurité dans le calme qui précède les agonies de la gueule de bois.

Puis les tortures se rapprochèrent sournoisement de lui, l'assaillirent, le pénétrèrent profondément en s'amplifiant.

Il était malade.

Il se débattait avec sa mémoire et la réprima délibérément. Mais elle revint.

Il leva lentement la tête. Il était à nouveau dans la hutte de Tydon. Ce n'était pas une grande surprise. Il vit des taches de sang sur ses bras.

L'orgie de la nuit dernière lui revint en apparitions brèves et fugaces. Mais il était encore trop malade pour éprouver des remords.

Et ce truc nu, blanchâtre, palpitant ? C'était sa poitrine. Il releva encore un peu la tête. Ses vêtements formaient une pile à même le sol. Tydon était allongé dans un autre lit de camp, endormi, le corps recouvert d'une espèce de drap.

Grant laissa retomber sa tête. Il avait tant de choses à regretter et si peu de force à accorder au regret. Peut-être pourrait-il dormir ?

Mais il était saisi de cette aride insomnie propre aux ivrognes et il sut qu'il allait devoir affronter une journée de vie.

Soudain, qu'étaient ces spasmes de lumière dans la nuit ?

Une nausée abominable le traversa. Que lui était-il arrivé dans la nuit ? Quelque chose de révoltant lui était arrivé, mais quoi ?

Ressaisissant ses pensées et sa mémoire, Grant s'assit rapidement. La douleur inonda son esprit en vagues aveuglantes.

« Laisse tomber, se dit-il, il est impossible de réfléchir avec un tel mal de tête. Mais pars d'ici. Pars d'ici tout de suite. »

Il laissa ses jambes rouler hors du lit et se leva. Il avait l'impression qu'on avait cousu des petits plombs à ses intestins, à ses yeux, à toutes ses terminaisons nerveuses. Oh, Dieu ! La douleur dans sa tête.

Lentement, mais sans se soucier de réveiller ou non Tydon, Grant s'habilla. Ses vêtements puaient, raides de sang. Qu'était-il arrivé à ce kangourou qui avait disparu après qu'il lui eut tiré dessus ? Des choses dont il se rappelait à moitié et qu'il craignait terriblement lui hurlaient aux oreilles ; des larmes de terreur mystique lui bordaient les yeux. Et cette satanée, fichue saloperie de lumière dans la nuit. Qu'est-ce que c'était ? Que s'était-il passé ?

Prudence, Grant, prudence. Il ne voulait pas réellement se le rappeler.

Tydon se réveilla pendant qu'il laçait ses chaussures.

— Tu t'en vas ?

— Oui.

Le mot semblait venir de très loin.

— Où ?

— Sydney.

L'idée se forma dans son esprit alors même qu'il répondait à la question.

— Comment ?

Sa mâchoire fonctionnait mal et il ne répondit pas. De toute façon, il n'en savait rien.

Sans le regarder, il savait que Tydon souriait.

— Tu veux boire un coup avant d'y aller ?

Grant refusa d'un lent hochement de tête.

— Manger un bout ?

— Non.

Il ne voyait pas très clair et mit longtemps à lacer ses chaussures.

Il finit tout de même par lever la tête et chercha la porte de la hutte des yeux.

— Oublie pas ton fusil, dit Tydon.

Grant se retourna et le regarda, embrouillé. Tydon lui évoquait un rat émacié pointant son museau sous le drap. Doux Seigneur, qu'avait-il fait la nuit dernière ?

— Quel fusil ?

— Les garçons te l'ont offert.

Tydon indiqua la carabine d'un signe de tête : elle était posée par terre, aux pieds de Grant.

Il se baissa prudemment et s'en saisit.

Tydon disait autre chose, mais Grant ne comprit pas quoi car il ne l'écoutait pas. Il alla jusqu'à la porte, ferma les yeux, l'ouvrit et sortit dans la pleine lumière du jour.

Planté devant la hutte, il laissa la porte se refermer derrière lui. Debout, les yeux fermés, il attendait que la première attaque fébrile de la chaleur soit dominée par le coup sourd et douloureux qui ne tarirait pas avant le crépuscule.

Il entrouvrit les yeux, regarda autour de lui pour repérer la direction de la ville et se mit à marcher, tête baissée, résolument, la carabine dans une main, ne pensant à rien.

Les premières maisons n'étaient qu'à quelques centaines de mètres, et Grant ne mit pas aussi longtemps qu'il avait pensé pour les atteindre. Il ne jeta pas un seul regard en arrière, vers la hutte de Tydon.

Il avançait péniblement, entre les maisons, se fichant complètement de ce que l'on pouvait penser de son aspect étrange.

Une brise légère soufflait et les poussières des piles de déchets miniers tourbillonnaient à hauteur de genou dans les rues, comme un nuage bas, dérivant abruptement.

Le visage de Grant était tendu et desséché. Les gens ne semblaient jamais transpirer sous le soleil de l'Ouest. Les perles d'humidité séchaient dès qu'elles sortaient des pores.

La poussière se solidifiait sur les lèvres de Grant. Sa bouche était une brèche aride creusée dans sa tête. Il faillit penser à Robyn mais elle avait cessé d'exister à présent. Il ne restait plus que la douleur, la chaleur, la poussière qui tournoyait autour de ses genoux et l'urgence d'aller à Sydney.

Il s'arrêta, prit le fusil dans sa main gauche et fouilla la poche à gousset de son pantalon. Il en tira lentement son argent, le billet froissé de dix shillings, la pièce de deux shillings, les six pence et le penny.

Il serra l'argent dans sa main et se remit à marcher.

Dans la rue principale, les gens remarquaient son aspect mal rasé, souillé, ses vêtements noircis de sang. Ils se déplaçaient autour de lui comme aux confins de sa conscience. Il marchait tout droit sur le trottoir et les gens se dispersaient devant ses yeux.

Puis en vint un qui ne se dispersa pas.

Grant s'arrêta, le nez presque collé à un uniforme. Il leva les yeux. Un visage apparut sous la visière d'une casquette. C'était un policier.

— Écoute, John, tu ne peux pas te promener dans les rues comme ça, un fusil à la main.

Le policier semblait le connaître.

Il força son regard sur le visage. Oui. Il le connaissait aussi. C'était le policier qu'il avait rencontré le premier soir à Bundanyabba, il y avait si longtemps.

Il essaya de dire quelque chose, mais ne fit que croasser.

— Fais voir ça, mon garçon.

On lui retira la carabine des mains. Le policier en fit quelque chose. Puis il la rendit à Grant en deux parties, la crosse et le canon.

— Voilà, c'est bon maintenant. Mets donc ça dans ta poche.

Le policier lui tendit quelque chose de petit et dur. Il le regarda. C'était la culasse.

– Qu'est-ce qui ne va pas, John ?

Grant puisa au fond de lui et sortit :

– Je suis allé chasser.

Ce qui clarifia tout pour le policier.

– Ah ! T'as une bonne gueule de bois, alors, hein ?

Grant s'autorisa à baisser la tête, puis la releva. Le policier ne pouvait ignorer que ça voulait dire oui. Il n'avait pas à le dire, si ?

– Faut soigner le mal par le mal, mon pote. Allez, viens.

La roublardise furtive que Grant avait décelée en lui-même fit le tour de son esprit vacant et il faillit sourire en répondant :

– Désolé, mon pote, mais je suis à court de liquide en ce moment.

– Qu'est-ce que ça peut bien faire ? dit le policier, exactement comme Grant s'y attendait. Allez, viens.

On n'est jamais très loin d'un pub à Bundanyabba et à peine Grant eut-il le temps de glisser son argent dans sa poche à gousset qu'il était déjà accoudé à un comptoir, son pied se levant machinalement à la recherche du repose-pieds.

Le soulagement qu'il était sûr de trouver dans une bière le stimulait déjà et il essaya de repêcher le nom du policier dans sa mémoire. Pas que ça ait une importance capitale : « mon pote » ferait l'affaire.

– Deux demis, Joyce, dit le policier. Mon pote est mal en point.

– Ça se voit, dit Joyce, sans que Grant la regarde, car il ne détourna pas les yeux du comptoir.

Le policier dit ensuite quelque chose qui semblait demander une réponse, mais Grant ne réussit pas à l'intégrer.

– Désolé, mon pote, dit-il, je me sens un peu malade. J'ai pas compris.

Le policier rit.

– T'as dû beaucoup chasser.

La bière arriva. La nausée et la soif se livrèrent un bref combat au sein de Grant. La soif l'emporta, la soif et le besoin de quelque chose lui permettant d'habiter son corps.

Ses doigts tremblaient en s'enroulant autour du verre glacé et humide. Il le porta à son visage et respira la fraîcheur du liquide couronné de mousse.

Puis il fit absorber la bière à sa carcasse délabrée, rapidement pour anéantir la nausée, puis lentement pour sentir en lui la caresse des douces et capricieuses vagues de froid en provenance de son estomac. Puis il n'en restait plus.

– Ça va mieux ? dit le policier.

– Mieux, dit Grant. Merci… Jock.

– T'en veux une autre ?

– Oh… Je ne voudrais pas… Je…

– Ah, foutaises, tu m'paieras quelques tournées la prochaine fois que tu me verras. Deux autres, Joyce, merci.

Grant se sentit terriblement faible en attendant la prochaine bière. Il y avait sans doute assez longtemps qu'il n'avait pas mangé ; il ne se rappelait plus quand. Il ne savait plus bien quel jour on était, sans doute lundi, se dit-il. Quant à l'heure du jour, il s'en fichait bien.

– Je croyais que tu devais quitter Yabba samedi ?

– Oui, c'était mon plan.

Mais ça remontait à un autre monde, à une autre vie.

– Qu'est-ce qui t'est arrivé ?

– Oh… Je me suis retrouvé… impliqué.

Il n'était pas encore en état de parler, ni de réfléchir, et si la bière n'apparaissait pas rapidement, il allait sans doute s'effondrer aux pieds du policier.

Elle arriva et Grant la but rapidement, d'un trait. Il n'y trouva aucun plaisir ; il agissait par pur instinct de survie.

Le policier lui redit quelque chose, mais il ne comprit pas.

– Putain, Jock, tu viens quasiment de me sauver la vie. Tu veux pas finir le boulot en m'offrant une cigarette ?

Tandis qu'il roulait la cigarette, Joyce s'approcha et dit :

– Je vous remets ça, les gars ?

Grant, distrait, l'ignora, et les deux demis réapparurent, pleins. Le policier buvait à l'œil, de toute façon.

Quand il eut vidé la moitié de son verre, Grant demanda du feu au policier et fit rouler la fumée dans sa bouche, à l'arrière du nez, puis la fit descendre dans ses poumons. Il se sentit légèrement malade, mais le métabolisme d'un homme peut s'équilibrer par la bière et le tabac, qu'il les apprécie ou non.

Une lucidité envahit Grant, mais il savait qu'elle ne durerait pas plus d'une heure s'il ne s'enivrait pas, et il n'avait pas l'intention de s'enivrer.

— Jock, tu sais où je pourrais prendre une douche ?

— Ben… à ton hôtel, sans doute.

— Je n'ai pas d'hôtel.

— Là où tu es hébergé, alors.

— Je ne suis hébergé nulle part.

— Je te suis pas, mon pote.

— Écoute, Jock, je suis dans le pétrin. Je suis fauché. Je veux rentrer à Sydney et, avant d'y aller, je veux prendre une douche et me rafraîchir un peu. Est-ce que tu peux m'aider ?

Le policier l'observa en réfléchissant, puis dit :

— Mais oui, je peux t'aider, John. Hé, Joyce !

Lorsque Joyce arriva :

— Est-ce que mon pote pourrait prendre une douche, à l'étage ?

Joyce lança un regard incertain à Grant, puis, comme c'était le policier qui le lui avait demandé :

– Oh, oui. J'imagine que oui. À condition qu'il me salisse pas tout…

– Je ne salirai rien.

Grant détourna les yeux du visage de la serveuse et vit ses valises appuyées contre le mur.

– Oh, dit-il, ce sont les miennes.

Joyce et le policier regardèrent les valises, se regardèrent, puis regardèrent Grant.

– Vraiment ? dit Joyce.

– Oui, j'ai dû les laisser ici hier… non, pas hier… le jour d'avant.

– Elles sont ici depuis samedi.

Dieu ! Quel jour étions-nous ?

– C'est ça. J'ai bu ici avec un homme. Tim, il s'appelait. Vous le connaissez, Tim ?

La serveuse regarda le policier.

– Je ne connais pas de Tim, dit-elle. De toute façon, je ne travaillais pas, samedi.

Le policier dit alors :

– Quoi qu'il en soit, si John dit qu'elles sont à lui, elles sont à lui. Qu'est-ce qu'il y a dedans, John ?

– Des livres dans l'une et des vêtements dans l'autre.

Le policier s'approcha et tenta de déverrouiller l'une d'elles. Elle s'ouvrit.

– Des livres, dit le policier en refermant la valise et en revenant au comptoir.

– Pas que je doute de toi, John, bien sûr.

Grant s'en fichait. Il termina sa bière.

— Merci beaucoup, Jock. Je vais monter prendre une douche maintenant. À plus tard.

Il souleva les valises et le fusil démonté et se dirigea vers la porte qui semblait mener à la partie résidentielle de l'hôtel. Il s'arrêta et se retourna. Le policier et la serveuse le regardaient tous les deux.

— Où est la salle de bains ? dit-il.

— Après la porte, en haut des escaliers, à gauche.

Manifestement, Joyce regrettait de lui avoir donné la permission d'utiliser la salle de bains. Elle lança un regard interrogateur au policier tandis que Grant quittait le bar.

Dans la salle de bains, il se débarrassa de ses habits et l'odeur de son propre corps lui fit tourner la tête de dégoût.

Le robinet d'eau chaude lui fournit un crachin d'eau tiède, il se tint dessous, se frottant la peau avec un bout de savon qu'il avait trouvé à côté de la baignoire. Il était difficile de faire mousser le savon avec l'eau qui sortait des canalisations de Bundanyabba.

Il ouvrit le robinet d'eau froide et la température de l'eau baissa très légèrement, mais il resta dessous plusieurs minutes, espérant s'y rafraîchir un peu.

Il n'avait pas de serviette et dut donc se raser nu, devant la glace, laissant l'eau dégouliner de son corps. Il se coupa trois fois avec le rasoir, et faillit pleurer à la vue du sang : pas de douleur, mais d'impuissance.

Puis il enfila sous-vêtements, chaussettes, chemise, pantalon et chaussures propres et ajouta même une cravate. Il roula ses affaires sales en boule et les enfonça dans un coin de la valise. Il glissa son argent dans sa poche à gousset.

Il se peigna et se regarda. Tout allait à peu près, sauf son visage bouffi et gris, aux lèvres tremblantes. Des larmes semblaient se former dans ses yeux.

— Mon Dieu, Grant, tu es mal en point.

Le policier était parti lorsque Grant redescendit, avec ses valises et son fusil, et la serveuse le regarda sans un mot.

— Si je suis la route principale, je tombe bien sur la route de l'Est, non ?

— La route de l'Est ?

— La route qui va à l'est, vers la côte.

Chaque parole représentait un effort considérable.

Grant sortit de l'hôtel. Le trottoir était encore presque caché sous les courants de poussière. Il regarda la longueur aveuglante de la rue et sa résolution s'évapora. Il retourna dans l'hôtel.

— Y a-t-il un car qui passe par ici ?

— Pour aller où ?

— Sur la route de l'Est.

— Le 416 va dans cette direction.

Elle lui dit cela comme une évidence, comme si le premier imbécile venu était censé le savoir.

– Où est-ce que je peux le prendre ?

– À l'arrêt de car.

Oh, Dieu, quelle sale bonne femme !

– Oui, mais où est-il, cet arrêt de car ?

– Juste devant la porte.

Était-elle vraiment obligée de lui parler comme s'il était idiot ou pire ; mais bon, c'est bien ce qu'il était finalement, non ?

– Merci. Vous pourriez me donner six boîtes d'allumettes, s'il vous plaît ?

– Ça fera un shilling.

– C'est bon.

Grant crut l'entendre murmurer : « Je croyais que t'étais fauché », lorsqu'elle se tourna pour chercher les allumettes.

Elle tendit la main pour recevoir l'argent avant de les lui donner.

– Et une bouteille de bière, s'il vous plaît.

La bière coûta trois shillings et six pence. Il lui restait huit shillings et un penny.

Dans un magasin proche de l'hôtel, il acheta, pour un shilling, un pâté de viande emballé dans un sac en papier kraft ; il le glissa dans la valise avec ses vêtements, la bière et les allumettes.

Il se sentait toujours à la fois frêle et de plomb, mais les habits propres lui ôtèrent un peu son sentiment de décadence. Et jusqu'à maintenant, il n'avait pas dû prodiguer beaucoup d'efforts pour empêcher son esprit de fureter dans les événements de ces derniers jours.

Le car l'emmena à la périphérie de la ville du côté de l'Est, près de la station d'épuration des eaux. Le trajet lui coûta un shilling et six pence.

Il régla le conducteur et, en descendant du car sur la route, il s'aperçut que la lumière n'était quasiment plus éblouissante ; le crépuscule s'installait. Ce qui signifiait qu'il était autour de sept heures. Au fait, où avait-il fourré sa montre ?

Il attendit sur le bord de la route jusqu'à ce que le car ait fait demi-tour et soit reparti vers la ville, et essaya de se rappeler ses intentions. Elles lui avaient pourtant semblé très claires, dans le pub.

Le bâtiment d'épuration des eaux était le seul à proximité et il ne vit personne autour. Un fossé avait été creusé le long de la route pour une raison ou une autre, et une espèce de rempart de terre avait été édifié. Grant l'escalada, ses valises et son fusil à la main, et se laissa glisser dans le fossé.

D'une des valises, il tira une couverture de voyage qu'on lui avait donnée un jour et dont il ne s'était jamais servi auparavant. Il l'étala par terre et s'assit.

Il sortit la bouteille de bière de la valise, la regarda et se demanda comment il allait l'ouvrir. N'avait-il pas vu quelqu'un décapsuler les bouteilles avec les dents ? Il était incapable de le faire. Il sortit son penny et tenta de s'en servir pour forcer la capsule, essayant de faire levier petit à petit. Cela lui prit longtemps et l'effort à lui seul le mena une fois ou deux au bord des larmes. Mais elle finit par céder.

Il but la première moitié de bière assez rapidement, elle était déjà tiède, puis il déballa le pâté à la viande et en mordit un bout. La pâte était jaune et sèche et la viande un gâchis marron gélatineux. Il mâcha la bouchée, mais fut incapable de l'avaler et finit par la cracher, puis il emballa les restes dans le sac en papier, finit la bière et s'allongea.

Il faisait presque nuit noire et les étoiles transperçaient le ciel violet, s'agençant en une immense couverture se recourbant sur lui, l'enveloppant d'intimité.

Il se demanda s'il parviendrait à dormir. Il sentait ses nerfs se crisper et s'étirer dans l'ensemble de son corps et il sursautait régulièrement, comme s'il avait peur.

C'est étrange, se dit-il, je n'ai pas particulièrement envie de fumer. Les cigarettes étaient rondes et blanches, et vous donnaient un mauvais goût dans la bouche quand vous en fumiez trop. Il avait un mauvais goût dans la bouche en ce moment même. Robyn avait une bouche merveilleusement bien dessinée. Elle portait une jupe blanche au tennis. Il était sur le point de servir, en position sur la ligne de fond. Il lança la balle en l'air et, en un mouvement parfait de raquette, il envoya la balle grésiller juste en dessus du filet en un service irrattrapable qui lui fit remporter la partie. Son adversaire n'eut même pas le temps de bouger. Un énorme costaud, d'environ dix mètres de haut et bigrement large, dominait le filet. Il portait un short de tennis et un débardeur fauve. Fauve ou jaune ? On ne rêve pas en couleurs.

Puis il était complètement endormi, les étoiles suivaient leurs trajectoires à travers le ciel et les petits animaux nocturnes reniflaient autour de lui, puis décampaient, alarmés par sa forte respiration et ses mouvements brusques.

Grant s'éveilla à l'aube, et se sentit merveilleusement requinqué, jusqu'à ce qu'il bouge. Il se rendit alors compte qu'il était très faible et patraque. En tout cas, il se sentait nettement mieux qu'hier.

Il avait une faim de loup et, lorsqu'il eut déballé le pâté de viande, il ne le trouva plus si mauvais. Mais la pâte jaune était difficile à avaler sans quelque chose à boire. Il avait une soif affreuse.

Il finit le pâté de viande, rangea la couverture dans la valise et y enfonça également les morceaux de fusil. Il prit la bouteille de bière vide, fouilla jusqu'à ce qu'il trouve la capsule et grimpa sur la route.

Il devait être vers les cinq heures et demie et le soleil envoyait des vagues de chaleur sur la plaine, préparant la voie pour la marée torride qui l'inonderait avec le jour.

Grant laissa ses valises au bord du fossé et se dirigea vers le bâtiment d'épuration des eaux avec sa bouteille de bière. Comme il ne voyait personne aux alentours, il remplit sa bouteille à un robinet, but longuement, la remplit à nouveau et enfonça la capsule.

La première voiture qui passa était une grosse Buick noire. Elle accéléra et le couvrit de poussière, sa main ridiculement dressée.

Dix minutes plus tard, un pick-up approcha et s'arrêta, tandis que Grant pointait son doigt vers l'est.

— Je vais pas plus loin que Yindee, mon pote, dit le conducteur, un petit nerveux au visage très basané et à la cigarette mastiquée pendouillant à la lèvre inférieure.

— Ça m'arrangerait, merci.

— Jette tes sacs à l'arrière.

Grant prit sa bouteille d'eau dans la cabine, car il n'était pas sûr que la capsule soit bien étanche. Il la coinça entre ses genoux, tandis que le pick-up démarrait brusquement et se mettait à rebondir dans la brume poussiéreuse qui flottait toujours le long de la route après le passage de la Buick.

— Tu vas où, mon pote ? demanda le conducteur.

— À Sydney.

Le chauffeur resta un moment silencieux, les yeux plissés contre l'éblouissement blanc de la route.

— C'est pas tout près, mon pote, dit-il enfin. Tu vas faire tout ça en stop ?

– J'espère.

– T'auras du pain sur la planche, une fois passé Yelonda. Mais bon, tu devrais bien y arriver. Y a toujours un ou deux camions par semaine qui passent par là. T'auras peut-être le bol d'en trouver un pour aller jusqu'à la côte.

– J'espère.

Ils gardèrent le silence, le chauffeur tout à ses pensées – ou quoi que ce soit qui habite l'esprit des petits fermiers de l'Ouest – et Grant s'efforçant de ne pas se rappeler la dernière fois qu'il avait pris cette route.

Un camion ou deux par semaine, avait dit le chauffeur. Et on devait être mardi, sans doute. Il était à peu près certain qu'on était mardi, mais il n'osa pas s'en assurer.

Le chauffeur cracha le mégot taché par la vitre et, avec une dextérité impressionnante, se roula une autre cigarette, tout en maintenant une conduite stable. Il passa la blague à Grant.

– Tu fumes ?

– Merci.

Grant s'était efforcé d'oublier la douleur sèche et cassante qu'un gros fumeur ressent dans la bouche et la gorge quand il est privé de tabac pendant un laps de temps. Il se roula une cigarette bien grasse et l'alluma.

La fumée lui fit un peu tourner la tête et lui souleva le cœur, mais il l'aspira au plus profond de ses poumons et la rejeta lentement.

Son visage était maintenant dégoulinant de sueur, ses vêtements humides. Il ne s'était pas senti en meilleure forme, et de loin, depuis sa première rencontre avec Tim Hynes, mis à part qu'il semblait horriblement nerveux. Son corps était continuellement tendu et il se surprit à aspirer de grandes goulées d'air, pour tenter, en vain, de se décontracter.

Il avait l'esprit plutôt clair, mais ses pensées défilaient rapidement, en petits jets successifs.

Et il ne s'aimait pas.

— Le mieux pour toi, dit le chauffeur, c'est de traîner dans les pubs de Yelonda. Tu devrais bien trouver un camion qui parte de là-bas.

— Merci, c'est ce que je vais essayer de faire.

Jamais de la vie il essaierait. Plutôt attendre et crever au bord de la route que de remettre les pieds dans un pub.

— Pourquoi tu vas à Sydney en stop ?

— Fauché, dit Grant.

— Mais le train coûte que quelques livres, mon pote.

— C'est encore trop.

Une pause. Le pick-up oscillait dans la poussière molle de la route. Le soleil était haut dans le ciel et les pastels matinaux s'étaient desséchés. Il ne restait plus qu'un éblouissement blanc.

— T'as vraiment pas un sou ?

— Dans les cinq shillings, dit allègrement Grant.

Maintenant qu'il était en route pour Sydney, son manque d'argent lui semblait nettement moins tragique.

Le chauffeur le regarda assez longtemps pour compromettre sa conduite. Il dut braquer pour rétablir le pick-up.

— Tu viens de loin ?

— De Yabba, c'est tout.

Une autre pause. Le chauffeur fixait intensément la route blanche.

— Tu vas avoir une sacrée fringale avant d'arriver à Sydney.

— Je ne sais pas. J'ai un fusil, je trouverai bien un peu de gibier.

— Hum.

Le chauffeur ne dit plus un mot jusqu'à ce qu'ils arrivent à l'hôtel de Yindee. Il dit alors :

— Je te déposerai à un kilomètre d'ici. Allez viens, je te paie un coup à boire.

— Non merci, dit Grant, trop abruptement.

— Ma tournée, dit le chauffeur.

— Non merci, j'ai arrêté de boire, dit Grant.

— Bon, ben moi, je vais en boire un, dit le chauffeur, un peu agacé.

Il se gara juste devant le pub.

Le temps que Grant s'empare de ses valises à l'arrière du véhicule, l'accès de mauvaise humeur du conducteur avait disparu.

— Allez, dit-il. Je te paie un coup. T'en as besoin.

– J'ai arrêté, mais merci quand même, dit Grant. Et merci de m'avoir emmené.

Il prit ses valises et se dirigea vers l'est.

Le chauffeur le regarda partir comme s'il pensait qu'il était fou.

– Eh ben, va te faire foutre, dit-il en entrant dans le pub boire un verre.

Grant, plombé par le soleil, fit deux cents mètres sur la route avant d'atteindre un eucalyptus desséché qui offrait un semblant d'ombre.

Il s'assit sur l'une de ses valises et regarda en direction de l'ouest. Il n'y avait aucune trace du tourbillon de fumée qui annoncerait un véhicule, seulement le nuage du pick-up qui redescendait doucement sur la plaine.

Il décoinça la capsule de sa bouteille et but un peu de son eau tiède. Il devait être près de midi et il se demanda encore ce qui était arrivé à sa montre.

Sur sa droite, une ligne de broussailles suivait le cours d'un petit ruisseau. Il serait à sec, forcément, mais il avait peut-être une chance d'y attraper un lapin. La nourriture était vitale, il devait donc prendre le risque de rater le passage d'un véhicule et voir ce qu'il pouvait trouver.

Il déposa ses valises à quelques mètres de la route et sortit les morceaux de son fusil. Il fut brièvement intrigué par le mécanisme, mais il glissa le canon dans le rail de la crosse et vissa la goupille. Puis il enclencha le verrou dans la culasse, la chargea et, en tirant sur la gâchette, il entendit le déclic de la mise en place.

Il restait beaucoup de cartouches dans les poches de sa veste safari. Il en sortit une poignée, frémissant au toucher de l'étoffe rigide de sang, puis il en plaça une dans la culasse, sans armer le fusil.

Le lit du ruisseau n'était qu'à une centaine de mètres. Il le traversa rapidement, ses pieds écrasant les brins épars et cassants d'herbe sèche.

Il n'était pas raisonnable de marcher ainsi en plein soleil mais, avec un peu de chance, il trouverait un lapin ou un autre gibier dans peu de temps.

Presque immédiatement, de l'autre côté du lit desséché, il en vit un qui le regardait, assis, les oreilles dressées et tremblantes.

Un genou à terre, Grant chargea l'arme et épaula. Un œil clos, l'autre se plissant contre la lumière crue, il tenta de trouver le lapin dans sa ligne de tir, mais elle ne cessait de vaciller et de sautiller. Il se rendit compte qu'il n'arrivait pas à empêcher ses mains de trembler.

Il s'allongea, les bouts d'herbe lui piquèrent le corps à travers ses habits, mais il parvint à maintenir le lapin dans sa ligne de mire. Il était toujours dressé, ses oreilles s'agitaient doucement.

Retenant son souffle, il appuya sur la gâchette.

La détonation se fit à peine entendre, perdue dans les plaines sans écho. Le lapin fut projeté haut en l'air et tomba à la renverse.

Grant se releva rapidement, un point noir s'échappa de son torse et s'élança vers sa tête, mais il s'arrêta et se calma. « Je ferais mieux de ne pas rester en plein soleil », se dit-il. Il devait se couvrir la tête.

Le cours du ruisseau était sec, comme il s'en était douté, et le lit peu profond. Il le traversa pour ramasser son lapin.

Il était bouffé par la myxomatose.

Il le tenait à la main, se demandant s'il y avait quelque chose à récupérer sur la carcasse, puis il le jeta au loin, pris de dégoût.

Il sentit son assurance lui échapper en regardant le long lit du ruisseau, au fond recouvert de poussière blanche, et rouge sur les côtés, là où le sol argileux affleurait.

Mais au point où il en était, il pouvait bien parcourir quelques mètres de plus. Il sauta dans le ravin et se mit à suivre le cours que prenait l'eau quand elle coulait, une semaine par an, les bonnes années.

Ses pieds ne faisaient aucun bruit dans la poussière et il tomba sur un lapin après le premier méandre. Il n'était qu'à six mètres de l'animal, qui sembla trop surpris pour songer à s'enfuir.

Il ne pouvait pas le rater, même en tremblant ; il épaula, visa la tête du lapin et appuya sur la gâchette.

Le mécanisme s'enclencha, mais sans détonation. Il avait oublié de recharger.

Grant avait souvent chassé. Il resta immobile un instant puis baissa lentement le fusil, ouvrit la culasse, éjecta la cartouche vide, en enfonça une nouvelle, arma et épaula une nouvelle fois, sans effrayer le lapin.

Puis il le tira à la tête.

Il n'était pas gras, mais il n'avait aucune trace visible de maladie. Grant le prit par les pattes de derrière et le ramena vers ses valises, puis se rapatria sous l'arbre.

Il n'y avait aucun véhicule en vue ; le pick-up avait quitté l'hôtel. Il ne l'avait pas entendu partir depuis le ruisseau.

Il sortit son rasoir de la valise et démonta la lame. Tenant le lapin au sol, il trancha la peau autour du cou et l'enleva du corps comme un gant. En un second coup de rasoir, il vida les entrailles.

Des nuées de mouches bleues s'abattirent immédiatement et Grant s'éloigna de quelques pas pour couper la tête du lapin. Le soleil plombant le força à regagner le peu d'ombre de l'arbre, il lança alors quelques poignées de poussière sur la peau et les entrailles pour décourager les mouches et jeta la tête au loin.

Il n'eut aucun problème à allumer un feu : l'écorce, les herbes séchées et quelques branches mortes avaient depuis longtemps perdu tout vestige d'humidité.

Il attendit que le feu s'apaise et jeta le lapin en plein milieu. De toute façon, il n'espérait pas savourer ce repas. Tout ce qu'il voulait, c'était de la nourriture avec au moins un semblant de cuisson.

Quand l'animal commença à se carboniser, il le retira du feu et le partagea en deux. Il enveloppa la première moitié dans une vieille chemise et la fourra dans sa valise. Il se mit à ronger la seconde, accroupi au bord de la route déserte.

La viande, encore à moitié crue, était maigre et filandreuse et elle aurait été dure à avaler, même s'il avait eu le temps de la faisander. Mais il la mastiqua, regrettant seulement d'avoir oublié de prendre du sel. Ça ne lui aurait pas coûté grand-chose. Il devrait peut-être en acheter un peu dans la prochaine ville, étant donné qu'il avait l'intention de vivre ainsi pendant quelque temps. Quelque temps : combien de temps durait quelque temps ? Rien ne semblait indiquer qu'il cesserait un jour de vivre ainsi, sauf le fait qu'il finirait par manquer de cartouches.

Il nettoya consciencieusement les os du lapin et s'assit adossé au tronc d'arbre, les yeux sur la route de Bundanyabba.

Le désespoir l'envahit comme un brouillard avec le jour finissant. Les couleurs que les aborigènes sélectionnent pour leurs peintures firent leur apparition dans les plaines, où le soleil se couchait à l'horizon.

Il resta assis, avec son envie de cigarette, essayant de réprimer l'anxiété tenace et sans espoir de l'hystérique, cherchant désespérément à ne penser ni au passé ni à l'avenir.

Il but plusieurs gorgées à la bouteille ; l'eau était maintenant presque chaude. Il songea à se rendre à l'hôtel pour la remplir, mais il eut peur d'être tenté d'acheter des cigarettes ou de la bière.

Il avait fait soixante kilomètres en une journée et il lui en restait des centaines. À ce rythme, il lui faudrait un mois pour parcourir son trajet. Un mois sur la route avec cinq ou six shillings en poche. Et ça prendrait peut-être plus longtemps.

Et quand il arriverait à Sydney ? Il ne voulait pas y penser. Ce qui se passerait là-bas serait forcément mieux que de rester à Bundanyabba.

Une spirale de poussière s'éleva dans l'obscurité violacée, soulignant l'orange vif du soleil couchant. Il se mit à démonter le fusil. Il n'allait tout de même pas faire du stop en brandissant une arme. Il rangea les morceaux et la bouteille vide dans la valise et attendit, en se demandant si la voiture, le camion, le pick-up, quel que soit le véhicule, n'allait pas bifurquer sous quelque prétexte improbable et disparaître en un tourbillon de poussière dans la nuit grandissante.

En tout cas, il ne manquerait certainement pas de s'arrêter à l'hôtel. Grant doutait que, dans un rayon de huit cents kilomètres de Bundanyabba, il existe un chauffeur qui puisse passer devant un pub sans s'arrêter.

Il distingua bientôt un camion, rapidement lancé sur la route déformée. Qu'il s'agisse d'un camion ne voulait rien dire. De nombreux petits exploitants possédaient d'assez gros camions pour transporter leurs produits à Bundanyabba et ils s'en servaient de voitures le reste du temps. Les seuls véhicules qui parcourraient de longues distances seraient sans doute les semi-remorques. Peu importait, une centaine de kilomètres de plus serait toujours mieux que rien.

Il s'écoula vingt minutes entre le moment où il vit le camion pour la première fois et celui où ce dernier arriva à proximité de l'hôtel. Il ne s'y arrêta pas.

Grant commença à faire des signes quand il était encore à une cinquantaine de mètres. Le chauffeur ralentit et Grant le vit se pencher pour mieux le voir. Un homme, même dans l'Ouest, réfléchit à deux fois avant de s'arrêter pour faire monter un inconnu planté au bord de la route à la tombée de la nuit. Mais Grant avait bonne allure et le chauffeur s'arrêta.

Grant s'approcha et passa la tête par la vitre du passager de la cabine.

— Pourriez-vous m'emmener là où vous allez ? dit-il.

— Tu vas où, mon pote ? dit le chauffeur, un homme au visage rond et mal rasé, d'environ trente-cinq ans.

— Jusqu'à Sydney, s'excusa Grant.

— Je m'arrête à Yelonda, mon pote.

– Ça me rapprochera toujours.

Le chauffeur réfléchit à nouveau, ne lâchant pas Grant des yeux. Puis, semblant arriver à quelque conclusion, il dit :

– Bon, d'accord, grimpe.

Le chauffeur alluma les phares dès qu'il démarra, car l'obscurité était presque totale.

Le bruit du moteur et le toucher du cuir élimé du siège apaisèrent Grant, après les longues heures passées sous l'arbre à n'entendre que des frémissements inexplicables dans les herbes mortes et le croassement occasionnel et désagréable d'un corbeau.

– D'où tu viens ? demanda le chauffeur.

– Yabba.

– Tu fais la route depuis longtemps ?

– Je suis parti ce matin.

– T'as des ennuis ?

– Je vous demande pardon ?

– T'as des ennuis avec les flics ?

– Non. Pas du tout. Qu'est-ce qui vous fait penser ça ?

– Un gars de la ville comme toi, avec des valises, et ces vêtements. Tu voyages pas comme ça pour le plaisir, ça crève les yeux.

Puis, sur un ton complice :

– Ils surveillent les avions et les trains, pas vrai ?

– C'est possible. Qu'est-ce que j'en sais ? Mais je vous assure que je n'ai aucun démêlé avec la police.

– C'est ce que tu dis. Et je te crois. C'est tes affaires, de toute façon, j'aurais même pas dû te le demander. Excuse-moi.

Grant éprouva une sensation inexplicable de culpabilité.

– Pour tout dire, je vais en stop à Sydney parce que je suis fauché.

– Bien sûr, c'est bon. Tu me l'as dit et je te crois.

Ils restèrent silencieux ; Grant abasourdi, le chauffeur sceptique.

Pas que ça ait la moindre importance, songea Grant, en réalité, c'était plutôt amusant. Ça s'intégrerait parfaitement à une bonne histoire qu'il pourrait raconter sur ses aventures dans l'Ouest. Quoique non, ses aventures dans l'Ouest ne se prêteraient sans doute jamais à être racontées.

Il s'aperçut alors qu'auparavant son esprit avait cessé de réactiver délibérément le souvenir des événements de ces derniers jours, mais qu'à présent il cherchait, explorait, se rappelait ; et il y avait des choses dont il valait mieux ne pas se rappeler. Il revécut un petit saisissement révoltant et effrayant – le bruit du kangourou disparu. Étrange qu'il n'arrête pas de penser à ça. Il y avait une explication logique, probablement, mais il y avait eu ces jets de lumière cette nuit-là et… non ! Il n'y repenserait pas.

– On est loin de Yelonda ? demanda-t-il soudain.

– Je dirais à une soixantaine de kilomètres. On en a pour deux heures, à peu près.

– Vous croyez que j'ai une chance de trouver quelqu'un qui aille jusqu'à la côte, de là-bas ?

– Je dirais que c'est possible. Seulement possible. T'auras plus de chances d'y arriver si tu traînes dans les pubs. Tu finiras bien par y trouver quelqu'un pour aller jusqu'au bout.

Yelonda apparut, comme il se doit, tel un saupoudrage de lumières sur les plaines. La ville avait traversé une période de prospérité quand les bateaux à vapeur descendaient et remontaient la rivière Harden, qui traversait presque la moitié du continent quand il y avait de l'eau. Mais les bateaux à vapeur avaient cessé de naviguer voilà quarante ans, et Yelonda cessé d'exister depuis trente-neuf ans. Y avait-il quarante ans que les bateaux s'étaient arrêtés ? Il devrait vérifier ça, au cas où un élève lui pose un jour la question. Doux Seigneur, ses élèves ! Il avait cette étrange capacité à oublier les choses, puis elles surgissaient dans son esprit avec une violence presque douloureuse... Quand allait-il revoir ses élèves ?

Mais dans l'immédiat, le camion s'était arrêté à Yelonda et le problème était de savoir comment poursuivre son voyage jusqu'à Sydney.

Yelonda ne consistait qu'en quelques maisons délabrées, parsemées de pubs. La moitié de la population se promenant dans les rues obscures était soit aborigène, soit métisse.

La rivière Harden serpentait en bordure de ville ; elle était noire, étroite et profonde comparée aux autres rivières de l'Ouest. Grant décida qu'il la suivrait en aval le lendemain, pour se baigner et se raser.

Le chauffeur attendit que Grant tire ses valises de l'arrière du camion, puis :

— Viens boire un coup.

Ça ressemblait plus à une déclaration qu'à une invitation.

— Non merci, dit Grant, j'ai arrêté.

— Arrêté ? Tu veux dire que tu bois pas ?

— C'est juste que je ne bois pas en ce moment.

— C'est ce que je vois, mais je t'ai dit de venir boire un coup.

— Merci, mon pote, dit Grant patiemment, mais j'arrête de boire pendant quelque temps.

— Ben, ça alors, elle est bien bonne, dit le chauffeur. Putain, mais tu veux dire que tu refuses de boire un coup avec un gars qui vient de t'avancer de quatre-vingts kilomètres ?

À présent convaincu que la pauvreté ne représentait aucunement un obstacle à la consommation d'alcool à l'Ouest, Grant n'essaya même pas de jouer cette carte. Embarrassé, il haussa les épaules et murmura :

— Désolé, mon pote, mais j'ai arrêté de boire.

— Ben nom de Dieu, tu peux aller te faire f…, dit-il avec le plus grand mépris, avant de lui tourner le dos et de se perdre entre les battants en ailes de chauve-souris d'un pub.

Voilà une caractéristique bien particulière des gens de l'Ouest, songea Grant. Tu peux coucher avec leurs femmes, spolier leurs filles, vivre à leurs crochets, les escroquer, faire presque tout ce qui te frapperait d'ostracisme dans une société normale : ils n'y prêtent guère attention. Mais refuse de boire un coup avec eux et tu passes immédiatement dans le camp des ennemis mortels. Et merde, à quoi bon ? Il ne voulait même plus penser à l'Ouest, à ses habitants et à leurs manies. Laissons-les tranquilles. Une fois à Sydney, qui sait, il ne remettrait peut-être plus jamais les pieds ici.

Il s'approchait de la rivière, ses valises à la main. Il camperait sous le pont ce soir, il se baignerait à l'aurore et il trouverait en reprenant la route un moyen de se procurer davantage de gibier, puis il ferait à nouveau du stop. Il n'avait pas fait cent mètres qu'il était déjà couvert de sueur ; il posa ses valises pour se reposer.

En face de lui, le cinéma de Yelonda procurait une source de lumière vive dans la rue morne. Des gens grouillaient devant ou traversaient la rue pour plonger dans le pub et boire quelques verres pendant l'entracte.

Une affiche collée à l'entrée du hall boisé qui servait de salle de cinéma annonçait un film obscur, un produit des années de guerre, d'après les souvenirs de Grant.

Il regarda longuement la foule et se demanda pourquoi cette représentation Celluloïd de la culture américaine avait réussi à pénétrer aussi profondément dans ce pays ravagé. Il était étrange que ces gens de l'Ouest, desséchés et endurcis par le temps, soient fascinés par une vision de la guerre présentée par un réalisateur américain, qu'ils paient pour sortir de leurs maisons en bois et s'asseoir dans l'inconfort pendant des heures, dégoulinant de sueur, à regarder une vieille copie d'un film offrant des prouesses complètement irréalistes.

Peu importe, laissons-les tranquilles. Les citadins vont aussi voir des films de série B, alors qu'importe ? Il se retourna pour prendre ses valises et fut soudain obsédé par le mot « Sydney ».

Sydney.

SYDNEY, en grandes lettres majuscules.

Il secoua la tête et s'aperçut qu'il lisait ce mot.

Il était inscrit sur la portière de la cabine d'un semi-remorque garé dans la rue principale de Yelonda.

C'était la dernière ligne d'un bloc imprimé sur la portière. Grant recula.

J. CARRINGTON
Transports
7 HOLDEN STREET
WYTON
SYDNEY

Il était tout à fait possible qu'un camionneur parvienne jusqu'à la ville en moins de quatre jours. Quatre jours : doux Seigneur ! il pouvait se passer de nourriture pendant ce temps-là et, avec le peu d'argent qu'il lui restait, il pouvait s'en sortir. Quatre jours, disons cinq, au plus.

Grant se mordilla la lèvre inférieure, essayant de maîtriser un espoir dont la réalisation dépendait entièrement de la volonté du chauffeur du semi-remorque.

Où était le chauffeur ?

Il regarda autour de lui. L'hôtel le plus proche du véhicule était celui en face du cinéma. Il était raisonnable de penser que le chauffeur s'y trouvait. Mais si ce n'était pas le cas et qu'il revienne pendant que Grant le cherchait à l'intérieur, il risquait de partir sans lui. D'un autre côté, il allait peut-être dormir à l'hôtel et Grant passerait de longues heures à l'attendre dans la rue.

Il décida d'essayer l'hôtel. Il surveillerait la rue de temps en temps au cas où le conducteur revienne.

Abandonnant ses valises où elles étaient, il traversa la rue à la hâte et entra dans le pub. Il était bondé de clients du cinéma, mais ils allaient partir dans peu de temps, à la fin de l'entracte.

En réalité, dès que Grant eut poussé les battants de la porte dans la lumière jaune et enfumée du bar, il entendit une cloche sonner à l'extérieur. Les hommes finirent leurs verres d'un seul trait et se dirigèrent vers la sortie. Il ne resta bientôt plus qu'une vingtaine de personnes dans la salle et Grant examina chacune d'entre elles, essayant de deviner qui était routier professionnel.

Il se tint dans un coin où il pouvait voir le semi-remorque et plusieurs clients se retournèrent et le dévisagèrent. Les étrangers n'étaient pas chose commune à Yelonda.

Aux yeux de Grant, tous les hommes du bar se ressemblaient : visages burinés de soleil et regards vides. Rien chez aucun d'entre eux n'indiquait qu'il soit routier.

Il traversa la salle et, quand le serveur fut de son côté, il demanda :

– Vous savez à qui appartient le semi-remorque garé dehors ?

Le serveur, un petit homme en gilet qui semblait être le propriétaire des lieux, le fixa. Puis il se tourna et brailla à l'assemblée :

– Y a un monsieur ici qui aimerait savoir à qui appartient le semi garé dehors.

Puis il reprit son boulot et tira une bière.

Tout le bar se retourna pour regarder le « monsieur », puis un homme solide d'une cinquantaine d'années se détacha du mur contre lequel il était adossé et où il buvait seul ; il s'avança vers Grant.

Grant sentit tous ses espoirs le quitter en le voyant s'approcher. Il avait un visage grossier et lourd, avec des petits yeux porcins. Il se planta devant Grant, attendant une explication, mais sans prononcer un mot.

— C'est… c'est votre semi-remorque ? finit par dire Grant, conscient de l'attention de tous les yeux et de toutes les oreilles du bar.

— Et alors ?

La voix semblait provenir d'un espace dans le ventre de l'homme, plutôt que de sa gorge.

— Rien… C'est juste que… je voulais savoir si vous pourriez m'emmener.

L'homme le regarda sans la moindre expression, il réfléchissait vraisemblablement, mais n'en laissait rien paraître, puis :

— Tu vas où ?

— Jusqu'au bout… à la ville, je veux dire… J'essaie de faire du stop… Car voyez-vous… eh bien…

Grant s'embrouilla misérablement.

L'homme lui coula un nouveau regard méditatif.

— Et qu'est-ce que j'ai à y gagner ?

Doux Seigneur, il venait sans doute de rencontrer le seul type de l'Ouest qui lui demanderait de payer sa place !

— Malheureusement, je suis fauché. C'est pour ça que je fais du stop.

Voilà qui réglait sans doute l'affaire. L'homme allait craindre de devoir le nourrir, et il aurait semblé ridicule de lui préciser qu'il avait l'intention de chasser ses repas. Chasser ! À moins que…

Mais l'homme parlait :

— Ça doit bien valoir une ou deux livres.

— Ça les vaut, dit Grant, seulement, je suis vraiment à sec, mais écoutez…

— Allez, tu me donnes une livre et on en parle plus.

— Je suis désolé, il me reste plus que six shillings, mais j'ai une idée, j'ai une carabine… Elle est à vous si vous m'y emmenez.

— Quel genre de carabine ?

Si seulement il avait pu lui cracher à la gueule et s'en aller.

— Une vingt-deux. Elle est pas mal… et y a aussi une centaine de cartouches.

— Et c'est où, tout ça ?

— Dans ma valise, près de votre camion. Je vais le chercher.

— D'accord.

Que Dieu maudisse cette face de porc ! pensa Grant, en pressant le pas vers ses valises. Perdre le fusil ne l'inquiétait pas, mais devoir voyager avec une bête pareille, ça l'inquiétait. N'importe, faire le trajet d'un seul coup valait la peine. Il enveloppa les pièces de la carabine dans un vieil imperméable, car il trouvait qu'il avait suffisamment attiré l'attention sur lui dans le bar.

L'homme finissait son verre quand Grant revint. Il prit le fusil sans un mot et l'examina.

— Et les munitions ? dit-il alors.

Grant sortit les cartouches de ses poches.

– Excusez-moi, je n'ai pas de boîte.

L'homme les prit et les glissa dans ses propres poches. Voulait-il indiquer que le marché était conclu ?

– Y en a pas cent, dit-il.

– Excusez-moi, je croyais qu'il y en avait une centaine. C'est tout ce que j'ai.

– Bon, d'accord. Je t'emmène. Mais faut que tu passes à l'arrière.

– OK. Merci.

Grant n'arrivait pas à comprendre pourquoi il devait passer à l'arrière ; l'homme avait probablement l'intention de vendre la place de devant à quelqu'un d'autre. De toute façon, c'était mieux ainsi, il parviendrait peut-être à dormir.

– Buvons un coup, dit l'homme, et Grant sentit une main glacée lui envelopper le ventre.

Bordel de merde ! Le répertoire de conversation était-il limité à ces mots-là, à l'ouest des monts de la Great Dividing Range ? Mais naturellement. Il le savait déjà. Mais... bon, il ne pouvait pas se permettre de se disputer avec cet homme, comme il l'avait fait avec les deux chauffeurs précédents.

– Volontiers, dit-il. Mais ça sera le dernier du voyage. Deux tournées me mettront complètement à sec.

– C'est le dernier verre du voyage, après, je vais jusqu'au bout sans m'arrêter.

« Jusqu'au bout sans m'arrêter. » Ces mots joyeux consolèrent Grant des trois shillings qu'il dut payer pour les deux verres de bière – elle était encore plus chère ici qu'à Bundanyabba.

Son compagnon lui tourna presque immédiatement le dos et entama une conversation sans joie avec son voisin, avec qui il avait apparemment quelques affaires à régler.

Grant but sa bière sans plaisir. Le goût lui soulevait le cœur et son estomac vide se rebiffait. N'importe, ça lui permit de soulager sa bouche et sa gorge sèches. Il devait penser à remplir sa bouteille d'eau.

« Jusqu'au bout sans m'arrêter. » Si ça se trouvait, il serait à Sydney avant dimanche.

La bière finie, l'homme en commanda deux autres sans un regard pour Grant et il ne manifesta aucune intention de les régler. Grant attendit aussi longtemps que possible, mais manifestement, on s'attendait à ce qu'il paie. C'est ce qu'il fit. Ce qui lui laissa sept pence en poche.

Il sirota sa bière, debout, dans l'humiliation la plus absolue, conscient qu'il était prêt à être traité n'importe comment par ce gros porc plutôt que de compromettre ses chances de se faire emmener jusqu'à Sydney.

Son verre fini, le gros fit à nouveau signe au serveur et Grant l'interrompit nerveusement :

– J'ai bien peur d'être complètement à sec. Ça vous dérange si je vous attends dans le camion ?

L'homme se tourna vers lui, le visage sans la moindre expression.

– Complètement à sec ? Tu veux dire que t'as plus d'argent ?

– Je vous ai dit que j'étais fauché, dit Grant, d'un ton implorant. Je suis navré, mais c'est comme ça.

Ce sale con ne comprenait-il pas l'anglais ?

L'homme le regarda longuement.

– D'accord, dit-il. Attends-moi dans le camion. Je vais en boire une ou deux autres.

– Merci, dit pitoyablement Grant en s'en allant.

– Tiens, dit le gros. Si t'es vraiment fauché, garde ça, je veux pas t'en priver.

Il lui tendait le fusil.

Grant le regarda, stupéfait.

– Allez, bordel, prends-le.

– Mais je…

– Prends-le.

Les manières de l'homme étaient dénuées de toute grâce. Grant prit le fusil.

– Merci, dit-il, complètement vaincu.

– Tiens. Et je vais te payer une bière, nom de Dieu.

– Non. Non merci. Franchement, je préfère attendre dans le camion si ça ne vous dérange pas. Mais merci beaucoup tout de même.

– Comme ça te chante, dit l'homme en se tournant vers son ami d'affaires.

Grant se dirigea aveuglément vers le camion, tremblant d'humiliation. Il ne suffisait pas de mendier, il fallait aussi qu'il soit traité avec ce satané mépris indifférent. Bordel de merde ! Il s'assit sur une valise, il tremblait de tout son corps.

Puis, au bout d'un moment : quelle importance ça avait ? C'était le prix à payer pour sa sottise et ça ne durerait pas éternellement.

Il explora sous la bâche de la remorque et trouva beaucoup de place entre les rangées de caisses empilées les unes sur les autres. Il rangea le fusil dans une des valises, les poussa toutes les deux sous la bâche et grimpa à son tour.

À l'intérieur, il sortit quelques vieux habits qu'il roula en boule pour faire un oreiller, puis s'étira sur le bois du sol.

Il faisait une chaleur étouffante, mais il avait dépassé le stade où ça le dérangeait.

Une douleur légèrement fétide dans l'estomac lui rappela qu'il n'avait pas mangé de plusieurs heures. Il s'assit à nouveau pour déterrer la moitié de lapin de sa valise.

L'odeur l'agressa dès qu'il le déplia ; la viande s'avariait rapidement dans ce climat, et l'emballage dans une chemise comme la conservation dans une valise n'avaient guère participé au ralentissement du processus de pourrissement.

Il rongea un peu la viande, mais c'était trop écœurant et il finit par la jeter sous un rabat de la bâche.

Un homme pouvait-il tenir quatre ou cinq jours sans manger ? Il ferait mieux d'essayer d'acheter un demi-pain avec les sept pence qui lui restaient.

Il lui sembla rester là, allongé, pendant des heures, à écouter le bruit continu des hommes buvant dans les cinq ou six hôtels à portée d'oreille, les voix machinales et les coups de feu du film, les claquements sourds des sabots de chevaux dans la rue, le grondement fracassant de quelque rare voiture ou camion, les voix désincarnées de passants, des bribes de conversation, plates et dénuées de contexte, puis, enfin, le bruit d'ouverture et de fermeture de la portière.

Une voix, légèrement pâteuse :

– T'es là ?

– Oui, merci, cria Grant.

Rien de plus.

Le moteur démarra dans un grondement métallique, une vitesse s'enclencha, le véhicule vibra et ils prirent la route.

Au départ, le mouvement était apaisant, puis inconfortable, et, dans l'heure qui suivit, chaque secousse lui heurtait les os ; mais il avançait, il s'avançait vers l'est en direction de la mer, de Sydney et peut-être même de Robyn. Mais Robyn était une pensée furtive qu'il n'était pas digne de s'accorder.

Après avoir essayé de nombreuses positions, il trouva que la meilleure était de rester allongé sur le dos, les mains jointes sous la nuque. Il se demanda dans combien de temps le chauffeur allait s'arrêter pour dormir. Il savait que les routiers étaient capables de prodigieux exploits d'endurance pour couvrir de vastes distances en se permettant seulement quelques sommes. Cet homme était sans doute arrivé de Bundanyabba dans l'après-midi et il était fort possible qu'il roule sur cinq ou six cents kilomètres avant de s'arrêter. Le semi-remorque semblait extrêmement rapide pour un véhicule aussi lourd.

Maintenant qu'il avait convenablement réglé le problème d'aller à Sydney, il devait réfléchir à ce qu'il allait faire une fois là-bas.

Somme toute, la situation ne semblait pas si désespérée. Le semi-remorque était basé à Wyton, et il allait sans doute s'y rendre directement. Grant pourrait laisser ses valises quelque part et aller à pied à Double Bay, chez un ami, à qui il pourrait décemment emprunter une ou deux livres. Puis il irait chez son oncle et lui expliquerait qu'il avait des difficultés ; après tout, il n'aurait pas besoin de rentrer dans les détails. Son oncle le nourrirait et l'hébergerait temporairement et il trouverait un boulot quelconque. Peut-être même qu'il réussirait à caser un peu de divertissement dans ses vacances.

Ah merde, si seulement il ne se sentait pas aussi malade ! Et puis, il y avait tant d'autres choses. Il se sentait souillé ; il avait besoin de se débarrasser de quelque chose qui l'envahissait depuis son arrivée à Bundanyabba. Il voulait un truc du genre de ces confessionnaux dont disposent les catholiques.

Peu importe, ça passerait. Il avait réussi à s'évader de Bundanyabba. Il était sur la route de Sydney; il suffirait probablement d'un bain, d'une bonne nuit de sommeil et d'un repas convenable pour simplifier grandement les choses.

N'aurait-ce pas été formidable s'il ne s'était jamais approché de la Two-Up School; ou mieux encore, s'il n'y était pas retourné une seconde fois? Il serait peut-être avec Robyn, à cette heure, se promenant n'importe où, dans un endroit frais, près de la mer.

Le sommeil s'empara de Grant, accompagné de nombreux rêves effrayants qui le réveillaient en sursaut, se cognant la tête contre les caisses. Mais il s'installa progressivement dans un coma agité d'où il s'échappait de temps en temps, terrassé par une horrible sensation de désespoir.

Il finit par se glisser dans un rêve lumineux, scintillant, un rêve de rien en particulier, sauf qu'il semblait clair et ensoleillé, une merveilleuse atmosphère de lumière innocente.

Et, à travers cette lumière, une voix très distante, se rapprochant de plus en plus :

– Bon, allez. On y est ! Hé, toi là-dedans ! On est arrivés !

Grant s'éveilla dans l'obscurité, groggy. Un besoin urgent de comprendre ce que disait la voix se débattait avec son incapacité à s'orienter. Puis, tandis que ses pensées rentraient dans l'ordre, une peur désespérée l'envahit.

Il écarta la bâche en l'agrippant frénétiquement. L'homme se tenait juste en face de lui. Dieu ! Pousse-toi donc de là, où était-il ?

C'était une rue large.

Avec des lampadaires.

Et des magasins, de nombreux magasins de chaque côté.

Grant fixa la rue, il fixa la rue et il sut qu'il allait devenir fou.

Il se trouvait dans la rue principale de Bundanyabba.

4

Sortant d'un néant absolu qui semblait l'avoir terrassé, Grant entendit sa propre voix demander, tout en douceur :

— J'ai cru que vous alliez à Sydney, vous savez.

— J'vois pas pourquoi.

Grant montra du doigt l'inscription de la portière.

— C'est à eux que j'ai acheté le camion, j'ai jamais enlevé le signe. Je fais que le trajet Yelonda-Yabba.

— Mais vous m'avez dit que vous alliez à Sydney. Pourquoi m'avez-vous dit ça ?

Quelle importance, de toute façon ?

— J'ai jamais parlé de Sydney, dit le chauffeur, en remontant dans la cabine. T'as dit que tu voulais aller à la ville : eh bien, c'en est pas une, de ville, mon pote ?

La portière claqua.

— De toute façon, ajouta le routier en démarrant, le voyage t'a rien coûté.

— Ce n'est pas vraiment la question, dit Grant à voix basse, tandis que le camion s'éloignait, le laissant planté à côté de ses valises en plein centre de Bundanyabba.

Il observa le camion jusqu'à ce qu'il ait tourné, vaguement étonné d'être moins bouleversé qu'entièrement dépourvu de la moindre sensation, si ce n'était cette impression de vide.

Après tout, c'était la fin. Il n'y avait peut-être plus rien à craindre.

Sans la moindre idée de sa destination, il ramassa ses valises et se mit une nouvelle fois à descendre la rue.

Il était très tard et la seule source d'animation provenait des pubs.

Les pensées qui traversaient Grant n'étaient qu'une suite étourdissante d'impossibilités. Il ne pouvait pas marcher éternellement. Mais il n'avait nulle part où s'arrêter. Il ne pouvait pas rester cinq semaines à Bundanyabba. Il ne pouvait pas quitter Bundanyabba sans argent ni vivres, il n'avait même plus de munitions pour son fusil. La situation n'était qu'un bourbier de désespoir. Il ne pouvait rien faire.

Il marcha, marcha, et seule la fatigue l'arrêta. Il était arrivé à l'extrémité de la rue principale, en face d'une espèce de parc.

Le parc lui permettait de s'échapper de la rue, il tourna donc et y entra, piétinant les racines d'herbes desséchées jusqu'à ce qu'il trouve un arbre. Il posa ses valises, s'adossa à l'arbre et regarda les étoiles. Il resta longtemps assis, la tête renversée, à regarder les étoiles en s'étonnant de leur éloignement et en s'émerveillant que, inchangées, elles fassent toujours partie de son monde à lui, réduit à néant.

Beaucoup de temps passa ainsi, puis son esprit revint aux choses qui lui étaient arrivées, et l'absurdité colossale du tout le fit presque sourire.

Mais le plus grotesque, c'est que rien de tout cela n'avait comporté le moindre élément de nécessité. C'était comme s'il avait délibérément décidé de se détruire ; et pourtant les événements semblaient s'être enchaînés naturellement.

Mais il aurait pu tout éviter.

Il hocha la tête, puis la renversa contre l'écorce rugueuse de l'arbre et ferma ses yeux aux étoiles.

Il aurait pu tout éviter. Rien ne l'avait obligé à jouer au two-up. Et, quand il avait gagné, rien ne l'avait forcé à y retourner. Il aurait pu éviter de se saouler avec Tim Hynes ; ça n'avait aucun intérêt. Et même s'il était ivre, c'était de son propre gré qu'il avait séduit Janette Hynes – enfin, tenté de séduire Janette Hynes.

Il aurait pu éviter d'aller chasser avec les mineurs, même si ça n'avait pas eu tant d'importance que ça, mais il n'avait aucune raison de se saouler encore et de se lancer dans cette orgie de tuerie. Et s'il avait évité cela, les échos de l'horreur qui avait suivi ne hanteraient pas son esprit.

Étrangement, à ce moment-là, il arrivait à penser à tout ce qu'il voulait. Peut-être parce que plus rien n'avait d'importance, maintenant ; c'était fini, il ne pouvait plus rien faire.

Naturellement, parfois, ce n'était pas lui qui avait décidé. L'histoire des flashs de lumière dans la nuit et de l'ignominie qu'il soupçonnait de les avoir accompagnés n'avait pas eu grand-chose à voir avec son pouvoir de décision, sauf qu'elle était la conséquence de ce qu'il avait fait avant.

Toute action en avait engendré une autre. Rien n'avait eu de nécessité réelle, mais chaque événement avait porté en lui le germe du suivant.

Le hasard avait eu sa place. Il n'avait eu aucun choix dans l'épisode ridicule avec le semi-remorque ; et pourtant, il aurait pu l'éviter aussi s'il n'avait pas été aussi ravagé par l'alcool.

À pratiquement chaque stade de sa petite tragédie personnelle, il se rappelait un tournant décisif qu'il aurait pu prendre différemment.

Et il se retrouvait maintenant, sept pence en poche, avec un fusil sans munitions et plusieurs boîtes d'allumettes. Malade et faible, si les émotions avaient réussi à pénétrer le nuage de vide ou de néant qui l'entourait, le désespoir n'aurait pas manqué de l'envahir.

Il allait se contenter de rester assis ici et d'attendre. Si rien ne se passait, il allait probablement mourir, et alors ?

Il enfonça ses mains dans ses poches et se laissa glisser jusqu'à ce qu'il soit presque allongé.

Puis sa main droite rencontra un petit objet cylindrique, dur et froid. Il le palpa. C'était une cartouche, qui lui avait échappé quand il avait donné les autres au routier, dans le pub. Il la sortit et se redressa pour l'examiner. Il avait une cartouche.

Ce n'était qu'un petit morceau de métal anodin sous la lumière des étoiles, mais il était capable de tuer.

Pourquoi ne pas tuer John Grant ?

D'autres s'étaient donné la mort avant lui. Ça s'était déjà vu.

C'était une solution à son problème immédiat et ça lui permettait également de résoudre tout autre problème à venir.

Pourquoi pas ?

Il regarda la cartouche et la fit rouler entre ses doigts. Elle était très petite.

Pourquoi pas ?

Quoi qu'il en soit, il allait prendre le temps d'y réfléchir, sortir le fusil et le charger, étudier l'éventualité sous cet angle-là.

Les manipulations précises d'assemblage du fusil lui procurèrent un certain réconfort. Il inséra la cartouche dans la culasse et arma.

Le fusil chargé sur ses genoux, il pensa : « Je peux utiliser ça pour sortir à jamais John Grant de Bundanyabba, de Tiboonda et de lui-même. »

Il n'avait qu'à le braquer contre sa tête et appuyer sur la gâchette, c'était tout.

Il retourna le fusil et en plaça la gueule contre son front. Elle était assez froide, froide et dure.

Mais il n'arrivait pas à atteindre aisément la gâchette. Il s'entraîna à la position de ses doigts. Il allait devoir pousser la gâchette et non pas la tirer vers lui.

De nombreux suicidés – « suicidé », le mot avait un timbre glacial – s'enfoncent la gueule du fusil dans la bouche. Il s'y essaya. Le goût de métal était prononcé. Mais, en procédant ainsi, la balle allait lui déchirer le palais, le lui brûler en l'arrachant. Il retira la gueule de sa bouche.

Dans le cœur ? Il tenta de braquer le fusil sur son corps, mais il était presque impossible d'atteindre la gâchette de cette manière.

De toute façon, il valait mieux tirer dans la tête, ça semblait plus sûr d'être définitif.

Et sa tête lui semblait moins vulnérable que le reste de son corps.

C'était une pensée idiote.

Il berça le fusil dans ses bras. Certains pensaient que le suicide était un mal. Les catholiques avançaient qu'il conduisait à la damnation. Que voulaient-ils dire par damnation, exactement ? Il préférait la vue panthéiste : « Il a maintenant rejoint la beauté qu'il avait autrefois contribué à embellir. » C'était bien ça ? De toute façon, il n'avait pas embelli grand-chose. Au contraire.

Chesterton disait que le seul problème du suicide était qu'il détruisait un univers personnel entier. Bon, il n'avait aucun problème de ce côté-là, il était tout à fait prêt à détruire son univers entier.

Même Robyn ?

Mais Robyn n'était qu'un rêve, un rêve en jupe blanche. Qu'il se suicide ou non, Robyn appartenait à un monde différent.

Un monde différent ? En supposant qu'il se précipite dans une autre vie. Mais la froideur des étoiles l'assurait qu'il n'y avait pas d'autre vie.

Le choix entre se tuer ou ne pas se tuer. Il n'avait que cette décision à prendre.

Il y avait un autre angle à la décision. Il pouvait le faire ou ne pas le faire, mais il devait assumer les conséquences de cette décision. Il n'y aurait aucune conséquence s'il se tuait. Il n'y aurait plus rien.

Il n'y aurait probablement plus rien. Beaucoup soutenaient qu'il y avait quelque chose après la mort. Et si ce quelque chose était désagréable pour les suicidés ? Mais comme il n'avait jamais condamné l'acte du suicide, comment pourrait-il en souffrir ?

C'était absurde. D'où sortait cette notion de souffrance ? La souffrance, c'était ici et maintenant. S'il se tuait, il serait mort, et ce serait fini.

Mais cette question de décision ? Était-ce donc la seule action susceptible de libérer l'homme de toutes les conséquences et responsabilités de ses propres décisions ? Bien sûr que oui. S'il se tuait, il serait mort, et ce serait fini.

Il retira la sécurité du fusil jusqu'à ce qu'il entende le double déclic indiquant qu'il était chargé.

Il suffisait maintenant de la plus légère pression du doigt : John Grant toucherait à sa fin et ses ennuis seraient terminés.

Il était étrange qu'il hésite autant à se tuer. C'était pourtant une bonne idée. Il n'y aurait aucune douleur, juste un oubli, pour toujours, se dit-il. Il semblait somme toute raisonnable de se tuer, juste pour voir ce qui se passait après. Il était donc d'autant plus raisonnable de se tuer pour résoudre un problème.

Il semblait avancer des arguments pour justifier le suicide à ses propres yeux. Eh bien, ça ne pouvait pas faire de mal d'y réfléchir un peu.

Et puis, merde, au fond ! Il n'y avait pas d'autre solution ; demain n'offrait aucun espoir.

Son problème était-il grave au point de justifier cette action ? Demain, demain et demain pendant cinq semaines dans la chaleur de Bundanyabba, sans argent, ni vivres, ni toit, puis un an à Tiboonda… Oui, c'était grave. En plus, le John Grant qu'il avait connu dans le temps n'était plus qu'une créature souillée.

Il posa la gueule du fusil contre sa tête, tenant le canon à deux mains, la crosse posée à terre.

Il ne pouvait vraiment plus se supporter, il voulait se débarrasser de John Grant.

Qu'est-ce qui pouvait bien l'empêcher de se débarrasser de John Grant ?

Qu'il aille en enfer ! Si ça lui plaisait, il se suiciderait.

Et ça lui plaisait. Ses mains s'agrippèrent au canon. Qu'on en finisse ! Vas-y ! Prends ta décision ! Appuie sur cette putain de gâchette !

Mais d'abord, un petit moment de regret, regret que les choses ne soient pas différentes, qu'il n'ait pas pu ressembler un peu plus à l'homme qu'il avait souhaité être. Et un tout petit instant pour penser à Robyn et à la mer.

Le néant s'évapora et la douleur le saisit. Il sentit des larmes lui brûler les yeux et déborder sur ses joues. Il ne savait pas s'il agissait délibérément ou non, mais, oh, Dieu ! la vie était un gâchis, et, sanglotant, il tendit le bras et appuya sur la gâchette.

L'IMPACT FUT ÉPOUVANTABLE.

Et puis, plus rien, c'est tout.

5

Le train traversait la nuit en cahotant sur la voie unique, dans les plaines, sous les étoiles, devant les carreaux de lumière jaune des fermes. Il cahotait, oscillait et cliquetait, créant, par le son et le mouvement, un rythme de berceuse que les chanteurs captaient et mêlaient au rythme de leurs chansons.

Ils chantaient. Car une chanson, une fois entonnée, prend longtemps à s'éteindre dans l'Ouest :

Voilà un cœur fait pour toi,
Un cœur qui veut ton amour divin,
Un cœur vaillant et de bonne foi
Si seulement tu le voulais bien.
Sans toi, j'aurais le cœur brisé,
Dis-moi que ça ne sera jamais,
Chérie, je t'en prie, promets-moi
Qu'à aucun autre tu n'appartiendras.

Le plancher du train était souillé de bouts de papier et de nourriture, et de temps en temps une bouteille jetée par la fenêtre soutenait l'allure du train quelques secondes, puis tombait sans se briser dans la poussière de la plaine.

Pour des raisons qui lui étaient propres, le conducteur actionnait le sifflet à vapeur, et la lamentation mélancolique s'étendait sur la terre plongée dans l'obscurité. Les kangourous, le bétail, les renards et les dingos levaient la tête, surpris, avant de retourner à leurs affaires.

John Grant était assis, dans le sens inverse de la marche, près de la fenêtre, le regard dans la nuit.

Il fumait et, de temps en temps, il ôtait la cigarette de ses lèvres et levait la main sur son front, pour toucher une cicatrice récente sur ses cheveux coupés ras.

Il jeta un regard satisfait à la vitre de la fenêtre. Il s'était mis, dernièrement, à éprouver une affection profonde pour la normalité et la simplicité des choses de la vie. Le bois, la peinture, les odeurs, le toucher d'une étoffe, le goût de la nourriture, le réconfort des cigarettes et le verre – ah, le verre était une chose merveilleuse…

… Le verre avait été la première chose qu'il avait vue en reprenant conscience à l'hôpital. Une seringue en verre, une énorme seringue entre les mains d'une infirmière. Il était étendu sur une espèce de chariot, dans une salle blanche sans fenêtre.

L'infirmière l'avait tourné sur le ventre, les fesses à découvert – il semblait porter une sorte de chemise de nuit blanche qui ne lui arrivait qu'à la taille – ah non, elle était enroulée autour de la taille.

L'infirmière avait enfoncé l'aiguille de la seringue dans sa fesse et appuyé sur le piston. Grant avait vu une quinzaine de centilitres d'un fluide transparent quitter la seringue pour lui entrer dans la chair.

– Qu'est-ce que c'est ? avait-il dit.

– Oh, vous êtes réveillé, avait dit l'infirmière.

Elle avait une trentaine d'années et un visage plutôt ingrat.

– Qu'est-ce que c'est que ce truc ?

– Un gaz antigangrène.

Grant avait soudain eu conscience qu'une douleur immense lui encerclait la tête. Elle avait toujours été présente, mais elle était si intense qu'il ne l'avait pas remarquée. La douleur était abominable.

Et finalement, il n'était pas mort.

Il avait reposé la tête.

– Dans quel état suis-je ?

– Ce n'est pas à moi de vous le dire. Vous feriez mieux de le demander au médecin. Je dirais que ce n'est pas très grave ; un léger traumatisme crânien.

Grant avait porté la main à sa tête et senti un pansement.

– Comment c'est arrivé ? avait demandé l'infirmière.

Était-il possible qu'elle l'ignore ? Était-il possible que personne ne sache qu'il était maintenant le plus ridicule entre tous les êtres, un
suicidé raté ?

– Je ne sais pas trop, avait dit Grant, ce qui
avait paru satisfaire l'infirmière.

Elle avait poussé le chariot, était sortie de la
chambre, entrée dans un couloir, puis un ascen-
seur, puis un autre couloir, puis une chambre
plus petite. Elle l'avait fait doucement rouler du
chariot sur un lit. La chambre était vide, à part le
lit et une petite commode en bois.

Elle l'avait couvert d'un drap et lui avait
demandé :

– Vous avez envie de manger quelque chose ?

– Oui, merci. Je crois que oui, et quelque
chose à boire aussi et, madame ? J'ai une douleur
épouvantable à la tête.

– Ça… à quoi vous attendiez-vous ?

Elle était sortie en fermant la porte. Il avait
entendu un bruit de serrure. Il avait préparé sa
tête à la douleur et regardé autour de la chambre :
une seule fenêtre, petite, tout en haut du mur du
fond.

Ils savaient donc parfaitement qu'il s'agissait
d'une tentative de suicide… Maintenant, assis
dans le train, écoutant les chanteurs avec une
émotion qui s'approchait de l'affection, il lui semblait impossible qu'il ait tenté de se faire sauter la

cervelle. Mais tout semblait bien différent, cette nuit-là, sous l'arbre.

En face de lui, un homme lui offrit sans un mot une goulée de la bouteille de whisky qu'il avait presque vidée dans la demi-heure précédente. Grant hocha la tête et dit :

– Non, merci.

L'homme lui lança un regard menaçant et se chargea de finir le whisky.

La chemise de ce type ressemblait à celle d'un uniforme de police…

… La dernière fois qu'il avait vu une chemise comme ça, c'était à l'hôpital. Le docteur venait juste de l'examiner. Un grand type bien habillé, ce docteur, avec une petite fleur blanche à la boutonnière.

– Comment vous sentez-vous ? avait-il demandé d'une voix agréable et profonde.

– Pas mal. Mais j'ai un sacré mal de tête. C'est vous, le docteur ?

– Oui, un des docteurs.

– Que s'est-il passé ?

– Je crois que vous le savez mieux que moi.

Grant avait compris qu'il aurait dû se sentir gêné par cette remarque, mais il n'y avait accordé que peu d'importance.

– Non, ce que je veux savoir, c'est où la balle m'a atteint ?

– Sommet du front. Elle vous a emporté un bout de crâne. Vous avez un traumatisme, mais vous allez vous en tirer.

– Est-ce que j'ai été opéré ?

– Non, j'ai seulement nettoyé la plaie.

– Comment suis-je arrivé ici ?

– La police vous a amené.

– Je vais rester combien de temps ?

– Ça dépend : où habitez-vous ?

– Sydney.

– Eh bien, vous ne pourrez pas voyager avant un mois, peut-être plus.

– Oh.

N'importe, ce n'était pas si mal ici. En réalité, ça réglait plus ou moins son problème. C'était drôle, en fait, cette balle n'avait pas été totalement gaspillée.

– Il y a un policier qui voudrait vous parler. Est-ce que vous vous sentez prêt à le voir ?

– Oh, oui, j'imagine que je n'ai pas le choix.

– Vous n'êtes pas obligé de le voir maintenant, vous savez. Je peux lui demander de revenir.

Le docteur était vraiment attentionné.

– Merci beaucoup, mais ça n'a pas d'importance. Je préfère me débarrasser de ça tout de suite.

– Je ne m'en ferais pas trop si j'étais vous. Ils sont assez tolérants avec ce genre d'incidents, à Bundanyabba. Je vais le faire entrer.

Grant savait que le policier serait Crawford. C'était lui.

– Salut, John, avait-il dit, l'air plutôt penaud.

– Bien le bonjour, avait dit Grant, puis il avait attendu.

– Je voudrais pas te déranger, John, mais il y a certaines formalités quand une blessure par balle est signalée à l'hôpital, tu comprends.

– Bien sûr. Ne t'en fais pas, tu peux me demander tout ce que tu veux.

– Eh bien, avait dit Crawford, que l'embarras faisait presque trembler. C'est comme ça : je me suis dit, que pour pas trop te fatiguer, tu vois, j'allais écrire une déposition pour expliquer ce qui s'était sans doute passé et que tu pourrais la signer, si ça te convient, bien sûr. Qu'est-ce que t'en penses ?

– Pas de problème.

Que faisait-on des gens qui essayaient de se suicider ? Ne les envoyait-on pas chez les fous ?

Crawford avait sorti une feuille de papier de sa poche et l'avait tendue à Grant.

Avec quelque effort, il avait réussi à la tenir dans une main et avait lu : « Un accident est à l'origine de la blessure par balle que j'ai reçue à la tête. Je rentrais d'une partie de chasse, avec ma vingt-deux long rifle. Je me suis arrêté pour me reposer dans un parc de Randon Street et, croyant que le fusil n'était pas chargé, je l'ai laissé tomber par terre, crosse première. Il a explosé et je ne me souviens plus de rien. »

Grant avait levé les yeux sur Crawford et il avait souri.

– Ça résume à peu près tout, n'est-ce pas, John ? avait dit Crawford en se regardant les pieds.

– Mais oui, à peu près tout. Merci, mon pote.

– Tu penses que t'arriveras à signer, John ?

Grant avait signé la déposition avec le stylo de Crawford.

– Merci, John. On te dérangera plus. À un de ces jours.

Et Crawford s'était enfui aussi vite qu'il avait pu…

… La température à l'intérieur du wagon ne cessait de grimper au cours du voyage et la sueur formait des gouttes sur les visages des passagers, elles scintillaient et tremblaient avec les mouvements du train.

Grant alluma une autre cigarette et souffla la fumée par la fenêtre pour qu'elle s'anéantisse dans l'air déplacé. La chaleur le rendait malade, il en avait perdu l'habitude pendant son séjour à l'hôpital. L'hospitalisation n'avait pas été désagréable, en fin de compte, allongé dans la fraîcheur climatisée, sur des draps propres, avec la douleur propre et aseptisée de sa tête éliminant toute pensée subjective. Vraiment, ç'avait été plutôt agréable, il se souviendrait d'une période sans dérangement, à part une fois, après une quinzaine de jours…

… Ils refusaient de le laisser sortir de son lit, et sa chambre était toujours fermée à clé. Il pensait qu'il s'agissait de le protéger contre une autre tentative de suicide. Ça n'avait guère d'importance, il était satisfait de rester au lit.

Une sonnette électrique avec un interrupteur sur le mur, juste à droite de sa tête, lui permettait d'appeler une infirmière en cas de besoin.

Un coup de sonnette signifiait qu'il avait besoin d'un urinal, deux coups, d'un bassin, trois, une demande d'ordre général peu pressante, et quatre, un appel d'urgence.

Grant avait beaucoup souffert des deux premiers appels, pendant ses premiers jours d'hospitalisation, mais il avait fini par se résigner.

Ce jour-là, réconcilié par nécessité après quelques conflits intérieurs, il avait sonné deux fois.

Les infirmières ne tardaient jamais et, une ou deux minutes plus tard, il avait entendu la clé tourner dans la serrure. Une infirmière lui avait apporté le récipient tant haï, décemment recouvert d'un linge blanc.

Grant s'était assis sur son lit, le visage résolument dénué d'expression, comme il s'appliquait à paraître dans ce genre de circonstances.

Puis il avait regardé le visage de l'infirmière.

Janette Hynes.

Pendant une seconde, son âme s'était révoltée contre une telle fatalité, l'ultime humiliation, puis il s'était rendu compte qu'il ne s'agissait que de ce qu'il pensait devoir éprouver. En réalité, ça n'avait pas la moindre importance, c'était juste un truc qui arrivait à John Grant.

Il préférait cependant, si ça se révélait nécessaire, souffrir de lésion interne plutôt que d'avoir à utiliser ce bassin.

– Salut, on m'a dit que vous étiez là, avait annoncé Janette.

– Oui. Je suis ici.

Elle se tenait près du lit, le bassin à la main, sans doute aussi gênée que lui, avait pensé Grant, mais elle n'en montrait rien.

Il ne semblait pas qu'il y ait grand-chose à dire, mais quelqu'un devait tout de même le dire.

– Ignorez cet appel, avait dit Grant. Je voulais sonner trois fois. J'avais simplement besoin d'un verre d'eau quand quelqu'un aurait le temps.

Janette avait jeté un coup d'œil sur la carafe d'eau sur sa table de nuit. Grant avait suivi son regard. La carafe était presque pleine.

Janette avait posé le bassin sur le lit.

– Ne soyez pas gêné. Ici, je ne suis qu'une infirmière.

Et elle était sortie.

Grant avait fini par utiliser le bassin, il n'avait pas d'autre choix. Et c'est Janette qui était revenue le chercher…

… La nuit, la tristesse des plaines semble étrangement plus apparente de l'intérieur d'un train en mouvement, pensa Grant. C'était peut-être dû aux chanteurs ; le fil mélancolique qui reliait même les plus hardis de leurs chants faisait partie d'eux et son origine remontait peut-être à cette même tristesse des plaines. Tous ses souvenirs de Bundanyabba et des gens qu'il y avait rencontrés étaient maintenant empreints de cette détresse plaintive et réprimée.

Tous ces personnages étaient tristes : Crawford, le policier, les gars du jeu two-up, Tim Hynes et sa fille, Tydon et les mineurs, les chauffeurs qui l'avaient pris en stop.

Même l'assistante sociale de l'hôpital lui avait laissé une impression de tristesse, il ne savait pas pourquoi...

... On lui avait rendu ses valises et on l'avait conduit dans le bureau de l'assistante ; là, elle lui avait présenté une facture de vingt-quatre livres.

— Il m'est impossible de la régler dans l'immédiat, avait dit Grant.

— Ça m'est complètement égal, avait aimablement répondu l'assistante sociale. Vous réglerez quand vous pourrez.

— Merci, dit Grant, il me faudra environ deux mois.

— Vous êtes bien instituteur ? Asseyez-vous donc un moment, voulez-vous ?

Grant s'était assis.

— Cigarette ?

Ça, c'était une idée. Il n'avait eu aucun espoir de trouver des cigarettes à l'hôpital et il avait presque oublié qu'elles existaient.

— Merci.

La première bouffée de fumée était délicieuse, mais elle lui fit tourner la tête.

— C'est une question idiote, avait dit l'assistante sociale, mais vous vous sentez à peu près bien, maintenant ?

– Oui. Ça va à peu près, merci.

– Je veux dire…

– Oh, je vois.

Naturellement, c'était le boulot de l'assistante sociale de s'assurer que Grant n'allait pas immédiatement partir et annuler tous les efforts hospitaliers en réussissant à se brûler la cervelle.

– Tout va bien de ce côté-là, merci. J'étais fauché et un peu déprimé. Mais c'est bien fini, maintenant.

– Vous êtes sûr ?

Grant avait pris un instant pour réfléchir.

– À peu près sûr. Aussi sûr qu'on puisse l'être avec ce genre de choses.

Il avait souri.

Elle lui avait rendu son sourire.

– Bon, dit-elle, quels sont vos projets ?

– Je n'en ai pas.

– Vous avez de l'argent ?

– Non.

Combien de conversations de ce genre avait échangé cette assistante sociale avec des rescapés de suicides ?

– On dispose d'une sorte de fonds de secours, ici, pour ce genre de circonstances, vous savez. Je peux vous faire prêter vingt livres.

– C'est extraordinaire, vous ne trouvez pas ?

– Pas vraiment. C'est le Rotary qui s'en occupe. Il y a pas mal de demandes. Ça vous intéresse ?

Grant s'était demandé si l'offre était destinée à tous les patients indigents de l'hôpital ou seulement aux prétendants au suicide.

— Oui, bien sûr. Merci.

L'assistance lui avait donné l'argent, et il avait signé un formulaire promettant de le rembourser d'ici à six mois si c'était possible.

— Une bonne chose de réglée, avait dit l'assistante. Je ne vais pas vous retenir plus longtemps...

... Le train s'arrêta, comme le font souvent les trains dans l'Ouest, à des kilomètres de tout, pour une raison connue du conducteur et de lui seul. L'interruption soudaine de mouvements et l'arrêt du bruit eurent un curieux effet de berceuse. Même les chanteurs se turent et tout le monde regarda dans la nuit silencieuse. Grant se rendit compte que c'était un moment dont il se souviendrait toujours. Comme le moment de son départ de l'hôpital, en début de journée...

Quitter l'air conditionné pour retrouver la chaleur était comme reprendre sa vie depuis le début. Debout sur les marches de l'hôpital, il avait compris que sa vie à l'intérieur avait été suspendue dans le temps, irréelle. Il n'avait rien à faire, on lui portait à manger, on faisait son lit, on l'aidait même à se laver ; il était entré dans un état proche de la catalepsie, qui touche ceux qui ne prennent aucune décision indépendante conséquente, comme les détenus en prison ou les simples soldats des forces armées.

Mais les premières vagues de chaleur, roulant depuis la route brûlante et le frappant avec le flou aveuglant du ciel, avaient desséché sa catalepsie et il était redevenu John Grant, responsable de ses actes.

Ce qui n'était sans doute pas aussi grave qu'on pouvait l'imaginer…

… Le train avait redémarré et cahotait dans la nuit, redoublant d'intensité, comme s'il était impatient de rattraper le retard pris lors de son arrêt.

Les chansons reprirent, mais l'ambiance était différente à présent. Quelqu'un avait commencé à jouer de l'harmonica et, comme s'ils admettaient timidement et exceptionnellement l'énorme fardeau de détresse de l'Ouest, ils se mirent à chanter :

Oyez donc le hurlement de ce dingo,
Alerte et mystérieux ; j'y vais tout de go,
Car il sonne le glas d'un bouvier
Dans la brousse lugubre et sombre.

Grant changea de position sur son siège et pinça ses vêtements inondés de sueur pour les détacher de sa peau. Il se demanda combien de temps il serait capable de maintenir une telle satisfaction à la capacité de tout ressentir encore une fois, même les désagréments mineurs. Pas longtemps, se dit-il, pas beaucoup plus longtemps qu'il n'en faudrait à ses cheveux pour recouvrir complètement sa cicatrice, éclipsant ce qui lui rappelait en permanence qu'il n'était pas passé loin de ne plus jamais rien ressentir du tout...

... Il avait eu une conscience aiguë de cette cicatrice, dans le pub où il avait attendu le train pendant une heure.

Il s'était appuyé au comptoir, du coude gauche, pour pouvoir sentir sa cicatrice en reposant la tête dans sa main. Dans sa main droite, il avait tenu un verre de bière. Le brouhaha des voix avait formé un cocon sonore autour de lui et il s'était senti isolé : exactement ce qu'il avait voulu ressentir.

Il s'était laissé gagner par le goût du tabac, la froideur du verre contre sa main et le miracle prosaïque de la solidité du plancher sous ses pieds.

– Jamais, jamais plus je ne me saoulerai, avait-il dit à mi-voix, en ajoutant, sauf en bonne compagnie.

Il avait observé les buveurs et la serveuse en sueur dans l'atmosphère renfermée et enfumée du bar.

Un bonheur vif s'était emballé en lui, du simple fait de se trouver là, vivant...

... Le train s'arrêta une nouvelle fois et Grant descendit sur l'embranchement connu sous le nom de gare de Tiboonda.

Il fut le seul à descendre et il resta sur le quai à attendre le départ du train. Tandis que celui-ci s'éloignait, il entendit décroître les voix des chanteurs de la complainte du bouvier :

Enveloppe-moi dans mon fouet et ma
                            [couverture
Et enterre-moi bien profondément,
Là où les dingos et les corbeaux ne
                            [m'attaqueront pas,
Dans l'ombre formée par les coolibahs.

Grant se trouva bientôt seul sous les étoiles ; le train n'était plus qu'une ligne silencieuse de carrés jaunes disparaissant progressivement.

Il leva les yeux au ciel, sidéré et vivifié par la placidité intense et dissolue des étoiles, par leur ordre récalcitrant.

Puis il pensa, presque à haute voix :

« Je comprends à peu près comment l'ingéniosité peut permettre à un homme de sortir grandi ou avili d'une même situation.

« Je comprends à peu près comment, même s'il choisit la bassesse, les événements qu'il provoque peuvent encore se souder en un plan raisonnable auquel se raccrocher, s'il le souhaite.

« Ce que je n'arrive pas du tout à comprendre – il déplaça son regard des étoiles à l'obscurité de la plaine, puis à nouveau sur les étoiles –, ce que je n'arrive pas du tout à comprendre, c'est ce qui m'a permis d'être en vie et de savoir de telles choses… »

Il souleva ses valises et se mit en route vers la lumière où il savait que Charlie, le patron du pub, l'attendait, sa curiosité sur le point d'être aiguisée par la cicatrice sur le front de Grant.

« … Mais j'ai l'impression que je le saurai probablement un jour. »

Du même auteur
aux éditions Autrement :

LA VENGEANCE DU WOMBAT ET
AUTRES HISTOIRES DU BUSH, 2010.

LE KOALA TUEUR ET AUTRES
HISTOIRES DU BUSH, 2009.

À COUPS REDOUBLÉS, 2008.

PAR-DESSUS BORD, 2007.

Composition réalisée par Asiatype

Achevé d'imprimer en avril 2010 en Espagne par
LITOGRAFIA ROSÈS S.A.
Gava (08850)
Dépôt légal 1re publication : mai 2010
LIBRAIRIE GÉNÉRALE FRANÇAISE – 31, rue de Fleurus – 75278 Paris
Cedex 06

31/2625/7